suhrkamp taschenbuch 1645

Thomas Bernhard wurde 1931 in Heerlen (Holland) geboren. Er starb 1989 in Gmunden/Oberösterreich. Sein Werk im Suhrkamp Verlag ist auf den Seiten 94 und 95 dieses Bandes verzeichnet.

Der Italiener ist – zusammen mit dem Spanier und dem Engländer – einer der vielen Gäste, die sich aus traurigem Anlaß im Herrenhaus von Wolfsegg eingefunden haben. Dabei sollte an diesem Tag ein eher fröhliches Ereignis stattfinden: die Aufführung eines Theaterstücks im Glashaus von Wolfsegg. Da sich der Herr des Anwesens jedoch umgebracht hat, wird aus der Bühne für die geplante Komödie das Dekor der Leichenaufbahrung. Der Sohn des Toten versucht auf einem Spaziergang mit dem Italiener, der Inszenierung des Todes zu entgehen – und gerät in unmittelbarer Nähe des Herrenhauses auf die Lichtung, auf der in den letzten Kriegstagen zahlreiche Polen erschossen wurden.

*Der Italiener* ist das Drehbuch zu einem Film, der 1971 im WDR ausgestrahlt wurde. »Das Vergnügen an einer solchen zu machenden *Arbeit als Experiment* (ist) der bezeichnende Anlaß gewesen, aus dem (...) Fragment ›Der Italiener‹ eine (...) *annähernd präzise Vorlage* zu schreiben für einen Film.« Folglich enthält der vorliegende Band das komplette Drehbuch, das Fragment der Erzählung, auf das es zurückgeht, Photos aus diesem Film und Überlegungen Thomas Bernhards zu den Motiven, Weisen und Resultaten seines Schreibens.

# Thomas Bernhard
# Der Italiener

Suhrkamp

*Photos: Heidrun Hubert*

suhrkamp taschenbuch 1645
Erste Auflage 1989

Druck: Nomos Verlagsgesellschaft, Baden-Baden
Printed in Germany
Umschlag nach Entwürfen von Willy Fleckhaus und Rolf Staudt

1 2 3 4 5 6 – 94 93 92 91 90 89

# Der Italiener · Ein Film

Der LANDVERMESSER, dick, fünfzig, im Hubertusmantel, beobachtet vollkommen unbeweglich, wie Landvermesser immer, wenn sie durchs Objektiv schauen, den Leichenwagen nach Wolfsegg hinauf, den Leichenwagen, der mit immer größerer Geschwindigkeit durch Wald, offene Landschaft, Wald, offene Landschaft, wieder Wald, wieder offene Landschaft, fährt, das Objektiv des Landvermessers von einem Punkt zweihundert Meter vom Leichenwagen entfernt plötzlich intensiv auf die zwei LEICHENBESTATTER (Chauffeur, Beifahrer), ihre Profile, Hinterköpfe, dann Straße vor dem Leichenwagen, Kamera auf den Landvermesser in einer Entfernung von zweihundert Metern, dann vom Landvermesser aus wieder der Leichenwagen die Serpentinen hinauf, bis jetzt nur die Geräusche in der Natur, die natürlichen Geräusche, wie überhaupt in diesem Film immer nur die Geräusche *in der Natur*, *von Natur aus*, wenn nicht ausdrücklich anders angemerkt, sonst nichts. Der Leichenwagen kommt am Dorfplatz an, Kamera an der Mariensäule gegen das Kriegerdenkmal, fährt in den Dorfplatz ein, zweigt Richtung Herrenhaus ab und bleibt vor dem Bäcker stehen. Der Beifahrer steigt aus und geht in die Bäckerei. Gezeigt wird der Chauffeur, wie er unausgeschlafen gähnt, durch die Windschutzscheibe auf das Straßenstück vor ihm schaut. Der Beifahrer kommt mit einem großen Schwarzbrotlaib aus der Bäckerei heraus und steigt in den Leichenwagen, auffallend kräftiges und dadurch auffallend lautes Zuschlagen der Wagentür. Der Leichenwagen fährt hinauf Richtung Wirtshaus Zur schönen Aussicht, auf den Platz vor dem Wirtshaus, der Wagen zweigt Richtung Herrenhaus hinauf ab, Kamera jetzt am Parktor oben postiert, Fahrt des Leichenwagens auf die Kamera zu, rascheres Aufwärtsfahren des Leichenwagens, Einfahrt des Leichenwagens in den Herrenhauspark, auf das Portal zu. Halt vor dem Portal. Der Beifahrer steigt aus und zieht an der Glocke. Der Chauffeur steigt aus. Chauffeur wie Beifahrer tragen schwarze, wadenlange Mäntel, schwarze Schildkappen ohne Aufschrift, aber mit gedrehter Silberkordel. Zuerst schaut der Beifahrer zu den Fenstern hinauf, dann der Chauffeur. Der Chauffeur holt einen weichen Lappen aus seinem Mantelsack und poliert sich die Schuhe. Beide schauen zu den Fenstern hinauf. Nichts. Der Beifahrer läutet ein zweites Mal. Jetzt öffnet der Beifahrer die rückwärtige Wagentür, beide Wagentürflügel so weit wie möglich offen. Ein Schuß fällt an der Rückseite des Herrenhauses, wie wenn dadurch ein Vogelschwarm von dort aufgeflogen wäre, reagieren die Leichenbestatter. Der Chauffeur schaut auf seine Schuhe, während der Beifahrer zu den Fenstern hinaufschaut. Jetzt wird das Portal geöffnet. Im Portal Finsternis, man sieht nichts. Die Leichenbestatter heben riesige Papierpolster aus dem Leichenwagen heraus, gehen dreimal mit diesen Polstern zum Portal und geben die Polster ab und gehen dann zweimal mit hohen Stößen Leichenwäsche vom Leichenwagen zum Portal und geben die Stöße ab, ohne daß man sieht, wer ihnen die Leichenwäschestöße abnimmt. Die beiden stehen dann vor dem Portal und ziehen ihre Kappen und bleiben einen Augenblick, bis das Portal von innen zugemacht ist, vor dem Portal unbeweglich, steigen in den Leichenwagen und fahren zuerst langsam, dann zunehmend schneller durch den Park am Glashaus vorbei durch das Parktor; der Landvermesser verfolgt plötzlich den Leichenwagen von der Parkmitte aus durch sein Objektiv schon ab dem Glashaus und noch vier, fünf Sekunden, nach vier, fünf Sekunden weiß man, der Landvermesser kann den Leichenwagen gar nicht mehr sehen, obwohl er ihn durchs Objektiv verfolgt. Blick vom Landvermesser über den Parkboden auf die ganze Fassade des Herrenhauses. Portal, alle Fenster, geschlossen. Fassade herunter, über den Parkboden zurück. Jetzt wird der vollkommen leere Platz vor dem Wirtshaus Zur schönen Aussicht gezeigt vom Parkeingang oben, undeutlich. Nach und nach wird der Wirtshausplatz deutlicher. Die für diese Tageszeit (acht Uhr früh) charakteristischen Geräusche, kann sein, man hört überhaupt nichts. Zehn oder fünfzehn Sekunden bleibt das Bild, der leere Wirtshausplatz, ab der achten Sekunde das Geräusch einer steckengebliebenen Dampflokomotive bei Manning. Das Geräusch verstärkt sich, die Räder der Lokomotive drehen durch et cetera. Der Wirtshausplatz entfernt sich wieder, wird wieder undeutlich, wie im Nebel, das Lokomotivgeräusch wie im Nebel, Pfeiffen der Lokomotive aus viel größerer Entfernung wie ihr Geräusch vorher. Jetzt von links den Wirtshausplatz betretend zwei MINISTRANTEN. Ministrant I, dick, klein, elfjährig, Ministrant II, dünn, groß, zwölfjährig, in schwarzen, knöchellangen Kirchenröcken, ohne Kopfbedeckung, wie man jetzt sieht, hasten aufwärts, die Herrenhausstraße herauf, jeder schleppt einen offensichtlich aus der Kirche stammenden barocken Kerzenleuchter aus Holz, die Leuchter sind so groß wie der Ministrant II, schwer. Nebeneinander, doch Abstand haltend, schleppen sie die Leuchter herauf, ihr andauernder Versuch, eine Unterhaltung weiter zu führen, mißlingt durch die Anstrengung des Aufwärtshastens mit den Leuchtern. Plötzlich sehen sie ein, es ist ihnen unmöglich, sich zu unterhalten und sie kommen schweigend die Straße herauf. Wie sie genau die Hälfte des Weges zurückgelegt haben, wieder ein Schuß, die Ministranten erschrecken, schauen in die Höhe, während sie die Leuchter abstellen. Wieder: als ob ein Vogelschwarm aufgeflogen wäre hinter dem Herrenhaus. Die Erschreckenszene der Ministranten, also die Zeit zwischen dem Schuß und dem Augenblick, in welchem die Ministranten wieder mit den Leuchtern weitergehen, dauert acht bis zehn Sekunden. Jetzt gehen die Ministranten *sehr* rasch, man hört die Geräusche ihres Aufwärtsgehens jetzt auf einmal *überdeutlich*, bald nur mehr diese Geräusche, während der Erschöpfungszustand der Ministranten klar ist. Jetzt erkennt man: Ministrant II ist blond, Ministrant I schwarzhaarig. Ihre Gesichter. Weitaufgerissene Münder. Das Geräusch der steckengebliebenen Lokomotive in der Ferne. Während die Ministranten auf das Herrenhaus zugehen, die Kamera ist am Parktor postiert, zeigt sie von hinten, dreimaliges Pfeifen der Lokomotive. Am Ende gehen die Ministranten so rasch wie möglich auf das Portal zu. Sie stellen, ohne sie auszulassen, die Leuchter ab. Ministrant II zieht an der Glocke. Beide schauen zu den Fenstern hinauf, dann auf ihre Schuhe, dann wieder zu den Fenstern hinauf, dann wieder auf ihre Schuhe, dann wieder zu den Fenstern hinauf, dann plötzlich, als wäre wieder ein Schuß gefallen, rechts hinauf, über den Wald, aber es ist gar kein Schuß gefallen, nichts, während die beiden sich so verhalten, *als wäre* wieder ein Schuß gefallen. Die Reaktion der beiden auf den nichtgefallenen Schuß ist die gleiche, wie ihre Reaktion auf den tatsächlich gefallenen Schuß vorher. Ministrant I zieht am Kirchenrock von Ministrant II, als ob er Falten am Kirchenrock des Größeren ausgleichen wollte. Pfeifen der Lokomotive. Dampfablassen der Lokomotive. Als wenn den Ministranten jetzt kalt wäre, als wenn es sie fröstelte. Ministrant II versucht ein Taschentuch aus seinem Anzug unter dem Kirchenrock zu ziehen, was ihm nicht gelingt. Beide schauen währenddessen zu den Fenstern hinauf. Ministrant I holt dem Mageren das Taschentuch aus dem Anzug unter seinem Kirchenrock hervor, gibt es ihm, Ministrant II schneuzt sich. Beide schauen zu den Fenstern hinauf. Ministrant II steckt das Taschentuch wieder ein. Beide schauen zu den Fenstern hinauf. Jetzt zieht Ministrant II noch einmal an der Glocke, mehrere Male sehr stark. Dann schauen beide wieder auf ihre Schuhe. Dann, als ob dort etwas geschehen wäre, zum Parktor. Die beiden werden *unruhig*. Jetzt wird das Portal geöffnet. Sie geben die Leuchter ab, wie bei den Leichenbestattern, ist niemand zu sehen. Das Portal wird von innen geschlossen. Während das Portal geschlossen wird, haben die Ministranten die gleiche aufrechte, stramm-militärische Haltung angenommen wie die Leichenbestatter. Noch stehen die Ministranten in dieser Haltung, als man von innen ein lautes hysterisches Gelächter der SCHWESTER des toten Herren hört. Kaum ist das Gelächter ausgebrochen, gehen die Ministranten vom Portal weg, nach etwa vier oder fünf Schritten *laufen* sie davon, nach links, durchs Parktor, während das Gelächter der Schwester noch immer zu hören ist. Man sieht die Ministranten durchs Parktor laufen, dann noch ein Stück, vielleicht ein Drittel die Straße zum Wirtshaus Zur schönen Aussicht hinunter. Das Portal wird gezeigt. Die Fassade. Im zweiten Stock, links außen, wird das Fenster geöffnet. Vier Sekunden nachdem das Fenster geöffnet ist, wie wenn hinter dem Fenster, also im Zimmer das ITALIENERS, mehrere Porzellanteller zu Boden fallen. Drei Sekunden später: Anfang Bartók, Streichquartett I, von einem auf dem Boden des Zimmers stehenden Plattenspieler. Wieder Portal. Das Portal wird von innen aufgemacht, die Schwester steht im Portal, noch während sie im Portal steht, schaut sie unter dem Eindruck der plötzlichen Musik aus dem Fenster oben empor, sie haßt diese Musik und sie haßt, wird in diesem Augenblick deutlich, den Italiener, von dem sie weiß, daß er jahrelang keine andere Musik hört, sich jahrelang die Bartók-Streichquartette nacheinander und ohne Ende vorspielt und der sie sich jetzt schon die vierundzwanzig Stunden, die er im Haus ist, unterbrechungslos vorspielt von seinem aus Florenz mitgebrachten Plattenspieler. Mehrere Sekunden bleibt die Schwester hoch aufgerichtet im Portal stehen, unbeweglich, dann tritt sie in die Finsternis des Portals zurück und kommt mit einem der Leuchter wieder heraus. Sie stellt den Leuchter an die Mauer neben dem Portal und geht wieder hinein und holt den zweiten Leuchter heraus und stellt ihn neben den ersten Leuchter; schaut zum Fenster des Italieners hinauf, nimmt einen Leuchter auf, stellt ihn wieder ab, es ist ihr eingefallen, *ich muß das Portal absperren* und sie sperrt das Portal ab, nachdem sie einen großen Schlüsselbund aus ihrer derbgestrickten schwarzen Wollweste hervorgeholt hat. Schaut wieder zum Fenster des Italieners hinauf, steckt den Schlüsselbund in die Weste und packt beide Leuchter und geht mit den Leuchtern zum Glashaus. Während sie zum Glashaus geht, wird die Musik aus dem Fenster des Italieners lauter, *sehr laut*, bricht plötzlich ab, als die Schwester am Glashaus ist. Aus der Dorfkirche treten die Ministranten mit einem schwarzen HIMMEL heraus und gehen auf die Straße. Es wird gezeigt: der BÄCKER läßt das rechte Rouleau seines Geschäfts herunter, was ein die vorbeigehenden Ministranten erschreckendes Geräusch verursacht, die Ministranten laufen mit dem HIMMEL, aber kaum sind sie zehn oder fünfzehn Schritte gelaufen, sehen sie durch die Tür der Fleischhauerei, wie unter dem Schuß des Schlachtschußapparats eine Kuh zusammenbricht. Das Zusammenfallen der Kuh wird gezeigt, die erschrocken stehengebliebenen Ministranten, die auf die zusammengesackte Kuh schauen, der HIMMEL, den sie fest umklammert haben, sinkt zu Boden, sie heben den HIMMEL wieder auf, der FLEISCHHAUER bemerkt die Ministranten, die, mehr und mehr erschrocken, von der zusammengebrochenen Kuh fasziniert sind, das HIMMELstuch liegt auf der Straße, die Ministranten heben den HIMMEL, ohne daß sie von der Beobachtung der Kuh ablassen, auf, der Fleischhauer geht sofort an die Zerteilung der Kuh, zuerst befestigt er sie an den Ketten, an welchen er den Kadaver an der Wand aufzieht, man sieht, der Fleischhauer zieht die Kuh höher und höher an Zinkhaken an der Kachelwand auf, jetzt, wie er die Kuh von oben bis unten aufschneidet, die Innereien quellen heraus, die Ministranten umklammern die HIMMELsstangen fester, der Darm zerplatzt, alles sehr schnell, man weiß nicht nur von der Möglichkeit, man *sieht* jetzt, man kann in einer knappen halben Stunde eine Kuh töten und aufhängen und zerlegen und aufbereiten, mit einem solchen geübten Fleischer haben wir es zu tun, obwohl die Ministranten das jeden Tag sehen auf dem Schulweg, sind sie jetzt wieder fasziniert von dem Vorgang, von der Geschicklichkeit des Fleischhauers, sie sind gefesselt. Die Kamera zeigt abwechselnd das Innere der Fleischhauerei, und die Ministranten, in die Fleischhauerei hereinschauend. Jetzt kommt aus dem Hintergrund der Fleischhauerei der FLEISCHERGEHILFE, stellt eine verzinkte Innereiwanne ab, die er mit dem Fuß an die Füße des Fleischhauers stößt. Jetzt bemerkt der Gehilfe die Ministranten und ruft: *schautsweidakemmts!* hinaus, während der Fleischhauer keine Notiz von den Ministranten nimmt. Nocheinmal schreit der Gehilfe: *schautsweidakemmts!*, darauf laufen die Ministranten (Kamera von innen) davon. Gezeigt werden jetzt mehrere Fenster der Dorfhäuser und hinter den Fenstern Dörfler, die die Ministranten beobachten, die mit dem HIMMEL zum Herrenhaus laufen, nachdem zehn oder zwölf Fenster mit den dazugehörenden Gesichtern gezeigt worden sind, die Fassade des Altersheims von oben links nach rechts, zuerst ein Fenster nach dem andern, ohne daß man hinter den Fenstern ein Gesicht erkennen kann, obwohl hinter den Fenstern schon Gesichter *sind*, dann, in Wiederholung ab der Hälfte, die gleichen Fenster mit den dazugehörenden Gesichtern dahinter: ein Schuß fällt, darauf das Geräusch der Lokomotive, darauf: der PFARRER geht über den Dorfplatz, die Kamera ist an der Mariensäule postiert, der Pfarrer kommt vom Kriegerdenkmal auf die Kamera zu, mit einem Gebetbuch unter dem Arm, der ganze Dorfplatz ist leer, an der Tankstelle steht die TANKWARTIN und sagt, als der Pfarrer an die zehn Meter von ihr an ihr vorbeigeht: *griasgood*, sie beobachtet den weitergehenden Pfarrer nicht mehr und geht in ihr Haus. Ist der Pfarrer an der Mariensäule, plötzliches Aufschreien von Hunderten von Schweinen rechts im Hintergrund, das sich zunehmend zu einem furchtbaren Schweinegebrüll *wie von Tausenden von Schweinen* steigert, in Schüben, während die Kamera unbeweglich auf dem leeren Dorfplatz bleibt und den *leeren* Dorfplatz immer eindringlicher, wenn auch immer noch unbeweglicher, starrer, zeigt, das Schweinegebrüll bekommt eine Intensität, wie es sie nur in riesigen Mastanstalten, (oder in St. Marx) wo Tausende wenn nicht Zehntausende von Schweinen gleichzeitig gehalten werden, bekommen kann, es ist, hört sich an, als wenn plötzlich Zehntausende von Schweinen gleichzeitig gefüttert werden. Nachdem zwanzig Sekunden lang während des sich noch verstärkenden Schweinegebrülls der absolut leere Dorfplatz gezeigt worden ist, setzt ein *noch intensiveres* Schweinegebrüll *in dem Augenblick* ein, in welchem der Pfarrer, als hätte er gerade einen kurzen Besuch in einem Haus hinter der Mariensäule gemacht, wieder, diesmal *ohne* Gebetbuch, über den Dorfplatz zurückkommt, über den ganzen Dorfplatz geht der Pfarrer sehr ruhig, sehr gleichmäßig und man hat, obwohl das Schweinegebrüll unerträglich ist, das Gefühl, der Pfarrer hört das Schweinegebrüll gar nicht, er hört absolut nichts, während man in Wirklichkeit das Gebrüll von Zehntausenden von Schweinen hört. Der Pfarrer über den ganzen Dorfplatz am Kriegerdenkmal vorbei, gegen die Kirche, verschwindet hinter dem Kriegerdenkmal, aber die Kamera bleibt noch sechs oder sieben Sekunden auf dem Dorfplatz, das Schweinegebrüll bricht abrupt ab. Drei Sekunden absolute Stille, darauf das plötzliche Herausstürzen einer ganzen großen gemischten Schulklasse aus der Schule hinter dem Kriegerdenkmal auf den Dorfplatz, auf dem die Kamera geblieben ist, mit Geschrei, das sich, wie vorher das Schweinegebrüll, in Schüben steigert, die Schulklasse *überschwemmt* den Dorfplatz, Mädchen mit langen Zöpfen, Buben mit Segeltucharbeitskappen auf den Köpfen, man sieht fast nur Zöpfe und Segeltucharbeitskappen, die den Platz überschwemmen, die Kamera ist zuerst an der Mariensäule postiert und nimmt die Schulklasse *von vorne* auf, dann am Kriegerdenkmal und nimmt die Schulklasse solange *von hinten* auf, bis die Schulklasse den ganzen Dorfplatz überquert hat und in Richtung Gaspoltshofen hinunter ist, den schmalen Hohlweg rechts neben der Mariensäule, das Gebrüll der Schulklasse hat den Höhepunkt der Intensität in dem Augenblick, in dem die sehr geschlossene Masse der Schulkinder die Mitte des Dorfplatzes erreicht hat, und verebbt mit der Entfernung der Schulklasse nach Gaspoltshofen hinunter. Nach dem letzten nach Gaspoltshofen hinunterstürzenden Schulkind wird der gänzlich leere Dorfplatz, auf welchem jetzt ein paar von den Schulkindern verlorene Segeltuchkappen, zwei Schultaschen liegen, noch fünf oder sechs Sekunden gezeigt (von der Mariensäule aus), geräuschlos, dann Kamera auf die Fassade des Altersheims, zeigt das Altersheim so, daß man den Eindruck hat, es ist ein völlig luftundurchlässiger Käfig aus Stein. Fünf oder sechs Sekunden wird die Altersheimfassade gezeigt, die Gesichter der Insassen, an die Fenster gedrängt, sind sichtbar, plötzlich die Lokomotive in der Ferne, dann Kamera auf das Bäckergeschäft, in welchem das zweite, linke Rouleau heruntergelassen wird, wie das erste Mal, sehr geräuschvoll. Aus der Fleischhauerei wird ein Kübel mit Blutwasser auf die Straße geschüttet, die Kamera zeigt das Rinnsal des Blutwassers, während aus der Fleischerei ein Geräusch, wie wenn die Fleischerei ausgeschwemmt werden würde, zu hören ist. Wie wenn die Fleischerei ausgekehrt werden würde, wieder ausgeschwemmt. Jetzt Schritte (Kamera noch immer auf dem Blutwassergerinne), immer deutlichere Schritte vom BRIEFTRÄGER, von welchem man zuerst nur die Gummistiefel, dann Hose, Rock, Rücken sieht, die ungeheure Last von Beileidspost, die er zweifellos zum Herrenhaus hinaufträgt, man erkennt sofort, es handelt sich um Kondolenzpost für das Herrenhaus, aus der Fleischhauerei im Augenblick des Vorbeigehens des Briefträgers ein *servas* vom Fleischhauer, darauf ein kurzes *servas* vom Briefträger, die Kamera verfolgt jetzt den Briefträger, der von der Fleischhauerei weg zum Wirtshausplatz geht, während der Briefträger zum Wirtshausplatz hinaufgeht, immer wieder das Lokomotivengeräusch, die Lokomotive kommt nicht weiter, ihre Räder drehen durch, sie läßt Dampf ab, et cetera. Ein Schuß fällt, der Briefträger schwenkt ab, zum Herrenhaus hinauf. Die Kamera zeigt die Ministranten, die auf halbem Weg zum Parktor sind, die beiden langsamer, plötzlich laufen sie, unwirklich in der Steigung der Straße, der HIMMEL fällt ihnen zu Boden, sie heben den HIMMEL wieder auf, kommen am Parktor an. Kamera von hinten auf sie. Jetzt Streichquartett I aus dem offenen Fenster des Italieners, während die Ministranten auf das Portal zugehen. Am Portal angekommen, läutet Ministrant II, zieht kräftig an der Glocke. Beide schauen zum offenen Fenster des Italieners hinauf. Das Portal wird aufgemacht, Kopfnicken der Ministranten, im Portal erscheint die Schwester. Wie vorher, ist sie vollkommen schwarz gekleidet, hat jetzt zum Unterschied von vorher, ein schwarzes Kopftuch auf, unter dem Arm ein Emaillavoir mit einem zusammengefalteten gebügelten Handtuch. Sie deutet den Ministranten, zu warten, verschwindet wieder im Portal, kommt aber sofort wieder heraus und geht an den Ministranten vorbei zum Glashaus, die Ministranten ihr nach. Nach zehn Schritten kehrt die Schwester um, die Ministranten bleiben stehen, sie geht zum Portal zurück und sperrt das Portal ab, steckt den Schlüsselbund in ihre Weste, geht wieder an den Ministranten vorbei, die Ministranten folgen ihr zum Glashaus. Kamera auf das offene Fenster, die Streichquartettmusik verstärkt sich. Kamera auf das Parktor, von dort kommt der Fleischhauergehilfe mit einem Zöger voll Fleisch auf das Portal zu. Er schaut zum Fenster des Italieners hinauf, seine Gummistiefel sind derb, haben rote Sohlen, schwarze, in den Gummistiefeln steckende Hose, schwarze Fleischhauerweste mit weißen Perlmutterknöpfen. Auf halbem Weg bemerkt er, daß die Schwester nicht im Herrenhaus ist, bleibt stehen, schaut zum Glashaus hinüber. Geht weiter zum Portal, läutet. Das Portal wird aufgemacht, der Zöger wird ihm abgenommen, der *leere* Zöger wird ihm zurückgegeben, er hängt sich den Zöger um und geht wieder durch den ganzen Park zum Parktor, verschwindet. Plötzlich das Geräusch eines Fensters, das an der Herrenhausfassade rechts oben aufgemacht wird, das Fenster des SPANIERS. Kamera darauf über den Parkboden zurück die Herrenhausfassade hinauf, wo tatsächlich im zweiten Stock oben rechts ein offenes Fenster ist, also *zwei* offene Fenster, das Italienerfenster und das Spanierfenster. Starkes, langanhaltendes Husten des Spaniers aus dem Fenster, man denkt, der Spanier ist gerade aufgestanden, verkühlt, hustet, der Spanier macht jetzt das Fenster noch weiter auf. Die Kamera bleibt vier, fünf, vielleicht sechs Sekunden auf dem Spanierfenster, plötzlich bricht die Quartettmusik ab, acht Sekunden völlige Geräuschlosigkeit, während man am Spanierfenster die Hände des Spaniers, Unterarme im Hemd, sieht, die mit den auf dem Fensterbrett ausgeschütteten Toilettesachen, Bürste, Kamm, Scheren, Feilen, Rasierpinsel, Rasiermesser et cetera, beschäftigt sind. Plötzliches lautes Auflachen der Ministranten vom Glashaus herüber. Vollkommene Stille. Wieder lautes Auflachen der Ministranten. Vollkommene Stille. Die Kamera zeigt jetzt *die Hände des Spaniers*, die mit den Toilettesachen auf dem Fensterbrett beschäftigt sind. Nervosität. Kamera weg nach unten über den Parkboden mit größter Geschwindigkeit auf die Ministranten, die jetzt ohne HIMMEL vor dem Glashaus stehen, in einem Meter Abstand, zur vor ihnen stehenden Schwester aufschauen, deren Gesicht zuerst unbeweglich, starr ist, die dann plötzlich den Kopf schüttelt und sagt: *nicht lachen. Es gibt nichts zu lachen.* Die Ministranten drehen sich um und laufen davon, die Kamera zeigt sie, dann zurück auf die Schwester, die unbeweglich dasteht und den Ministranten nachschaut. Sind die Ministranten weg, atmet die Schwester auf und geht zum Herrenhaus zurück, auf dem Weg fällt ihr ein verkümmerter Strauch auf, sie bleibt stehen, unter dem Strauch auf dem Boden liegt eine alte schmutzige Segeltucharbeitskappe, sie hebt die Kappe auf und steckt sie in die Weste, schaut, ob sie niemand dabei beobachtet hat, denkt, es hat mich *niemand* beobachtet und geht weiter. Jetzt Streichquartett sehr leise, die Schwester geht unter dem Italienerfenster vorbei. Die Schwester schaut, noch im Gehen, zum Fenster des Spaniers hinauf, bleibt stehen, beobachtet die Hände, die man von unten sehen kann, die noch immer mit den Toilettesachen beschäftigt sind. Zieht den Schlüsselbund gleichzeitig mit der Segeltuchkappe aus der Weste, riecht an der Segeltuchkappe und steckt die Segeltuchkappe wieder ein und sperrt das Portal auf und tritt einen Schritt zurück und schaut zum Italienerfenster hinauf, aus welchem jetzt *lautere* Quartettmusik kommt, plötzlich ein Schuß hinter dem Herrenhaus abgefeuert, die Schwester schaut nach rechts über den Wald in die Höhe, wie wenn ein Vogelschwarm hinter dem Herrenhaus aufgeflogen wäre, den ihre Blicke verfolgen, aber man sieht nichts. Sie steht im Portal und ruft laut zum Glashaus hinüber: *Fanny! Fanny!* Worauf, von ihr aus gesehen, die Fanny mit einem Wäschekorb voll abgetragener Männerkleidung und -schuhe, voll mit Kleidungsstücken, die man offensichtlich dem toten Herren ausgezogen hat, vom Glashaus über den Park zum Portal herüber kommt. Ist die Fanny am Portal, greift die Schwester in den Wäschekorb und zieht die im Wäschekorb obenauf liegende Hose in die Höhe, schaut die Hose an, läßt sie wieder fallen und sagt ruhig, aber doch kommandierend: *das muß alles weg! Weg damit!*, worauf die Fanny durchs Portal in das Herrenhaus eintritt, die Schwester ihr nach. Von innen wird zugemacht, abgesperrt. Die Quartettmusik wird jetzt deutlicher, lauter, starkes Husten aus dem Zimmer des Spaniers, Kamera nach rechts um die Ecke die ganze Seitenfront des Herrenhauses entlang bis zum Küchenfenster, dringt in die Küche ein. In der Küche die KÖCHIN, an die Fünfzig, mit weißem Küchenkopftuch sofort als Köchin erkennbar, die drei MÄDCHEN (I, II, III) in der Küche am Tisch neben der Tür auf den Gang, die, sobald sie von der Kamera erfaßt sind, aufstehen und auf den Gang hinausgehen, die Köchin schaut auf die Tür, herein kommt der HAUSBURSCH, setzt sich an den Tisch, die Köchin räumt ab, was die Mädchen stehengelassen haben und stellt Wurst und Brot und ein großes Glas Most auf den Tisch. Der Hausbursch hat Gummistiefel an, schwarze, schmutzige Arbeitshose, eine Schlosserjacke, geflickt, darunter einen ausgefransten derben Wollpullover, auf dem Kopf die Segeltucharbeitskappe, die die Schwester vorher in ihrer Weste versteckt gehabt hat. Er trinkt das Mostglas in einem Zug aus, die Köchin schenkt ihm ein zweites ein. Die Köchin kehrt zusammen, alles sehr geräuschvoll, viel Beinarbeit, der Hausbursch beobachtet ihre dicken Waden, Krampfadern et cetera. An der Wand hinter dem Hausburschen Arbeitskleidung haufenweise an einem Hakenbrett. Die Köchin geht in die Speise nebenan und kommt mit einer großen Schüssel voll gekochter Kartoffeln zurück, setzt sich zum Hausburschen und fängt an, Kartoffeln zu schälen. Sie schaut auf die Uhr über sich und sagt: *hoibazehne*, worauf auch der Hausbursch auf die Uhr schaut und sagt: *hoibazehne*. Der Hausbursch ist klein, schlank, siebzehn- bis neunzehnjährig. Er springt plötzlich auf und trinkt den Mostkrug aus und schlüpft in einen total zerrissenen alten Hubertusmantel, den er blitzartig, wie ein Tier, von der Wand heruntergenommen hat. Plötzlich greift er in die Kartoffelschüssel und nimmt eine Kartoffel heraus und zerpreßt sie in seiner rechten Hand, so daß zwischen den Fingern der Kartoffelbrei herausquillt und läßt die zerquetschte Kartoffel zu Boden fallen, während er der darüber überhaupt nicht verblüfften Köchin ins Gesicht schaut. Die Köchin ruhig: *Drecksau!* Der Hausbursch will auf den Gang hinaus, da tritt die Fanny mit dem Wäschekorb mit den abgetragenen Männerkleidern ein, der Hausbursch behindert sie, läßt sie aber dann doch herein, sofort schaut die Fanny auf die Uhr und sagt: *hoibazehne* und der Hausbursch hinaus auf den Gang und die Fanny: *um hoibazehne isa no herin*. Kamera auf das Parktor, der Briefträger kommt auf sie zu mit der Kondolenzpost. Er hat nicht nur Tasche und Rucksack voll Beileidspost, auch einen Stoß im Arm. Er versucht, während des Gehens, zu den zwei offenen Fenstern an der Fassade hinaufzuschauen, aber es gelingt ihm nicht, er sieht nicht über den Briefestoß hinaus, während seiner letzten Schritte vor dem Portal verstärkt sich die Quartettmusik aus dem Italienerfenster vehement und bricht sofort ab. Stille, wie der Briefträger jetzt, am Portal, direkt zum Italienerfenster hinaufschaut, nachdem er den Briefestoß neben dem Portal abgestellt hat. Er schüttet den Rucksack aus, stülpt die Tasche um, alles auf einen Haufen links neben dem Portal. Er zieht an der Glocke und geht wieder durch den Park zurück zum Parktor, Kamera jetzt am Parktor auf den Briefträger, am Briefträger vorbei auf den Posthaufen neben dem Portal, die Kamera zeigt deutlich schwarzumrandete Kondolenzbriefe, die ungewöhnlich groß sind, Hunderte von Kondolenzschreiben *aus der ganzen Welt.* Wenn die Kamera diese Kondolenzpost eindringlich gezeigt hat, Einsetzen der ersten Takte des Santa-Lucia-Trauermarsches, gespielt von der Wolfsegger Musikkapelle vom Wirtshaus Zur schönen Aussicht herauf. Ist von jetzt an von Marschmusik die Rede, handelt es sich immer um die ersten zehn bis zwanzig Takte aus dem Santa-Lucia-Trauermarsch. Kamera etwa vier Sekunden auf dem Haufen Kondolenzpost, Einsetzen des Trauermarsches vom Dorf herauf, wie er durch die offenen Fenster des Wirtshauses Zur schönen Aussicht zu hören ist, nach den ersten drei Takten, während derer die Kamera vom Posthaufen weg links die Herrenhausmauer entlang nacheinander über das Dorf weg alles zeigt bis zum Wirtschaftsgebäude, zweimaliges Einsetzen und Wiederabbrechen der Marschmusik bis dorthin, die Marschmusik ist unrhythmisch, schwerfällig, bricht noch einmal ab, setzt wieder ein, bricht wieder ab, während die Kamera den Horizont zwischen Glashaus und Herrenhaus zeigt, dann am Wirtschaftsgebäude vorbei nach links so lange, bis der Kreis am Glashaus geschlossen ist, in dem Augenblick völlige Stille. Einsetzen der Quartettmusik, noch immer, Streichquartett I aus dem offenen Italienerfenster, das jetzt gezeigt wird, jetzt im Fenster, groß, der Italiener, gespannte Hosenträger über dem weißen Hemd, das Bild ist das Fenster, in dem der Italiener steht, plötzlich greift er in die Hosenträger, spannt sie so weit wie möglich und zieht plötzlich die Hände heraus. Kamera in die Küche, in welcher die Köchin am Herd laut auflacht, während sie gerade die Frühstücksportionen für mindestens zwölf oder fünfzehn Personen herrichtet, alles auf Tabletts und die kleinen Tabletts für eine Person, auf übergroße Tabletts für acht oder zehn kleine Tabletts, sie nimmt ein großes Tablett auf, in der Tischecke steht jetzt der

Hausbursch mit der Segeltucharbeitskappe auf dem Kopf, in der rechten Hand hat er eine weiße Henne, der er gerade den Hals umgedreht haben muß, er hebt die tote Henne hoch über seinen Kopf und reißt der Henne den Kopf ab, blitzartig, die Köchin mit dem Tablett im Arm, aus mehreren Kannen dampft Kaffee, nicht erschrocken, starr: *Drecksau!* Der Hausbursch macht ihr die Tür halb auf, sie stößt mit dem rechten Bein die Tür ganz auf und geht hinaus. Der Bursch wirft die tote Henne ohne Kopf in eine Schüssel auf dem Herd, hockt sich blitzartig auf den Sessel am Tisch, zieht sich die Gummistiefel aus, spuckt auf den Küchenboden. Jetzt zeigt die Kamera das obere Vorhaus, zweiter Stock, gleichzeitig Tür zum Zimmer des Italieners (rechts) wie Tür zum Zimmer des Spaniers (links). Dann links anschließend alle Türen, wieder zurück, anschließend alle Türen rechts, den Stiegenabgang. Von dort kommt die Köchin mit dem großen Tablett herauf und stellt das Tablett auf einen Abstelltisch am Treppenabgang links. Sie nimmt eines der kleinen Tabletts vom großen und geht zu der dem Treppenaufgang gegenüberliegenden Tür, klopft, geht hinein und kommt ohne Tablett wieder heraus, nimmt ein zweites kleines Tablett vom großen und trägt es zur zweiten Tür daneben rechts und klopft und gibt das Tablett ab und kommt zurück und nimmt ein drittes kleines Tablett und geht damit zur dritten Tür und klopft und wartet und es wird aufgemacht und ihr das Tablett abgenommen, sie geht wieder zum großen Tablett und nimmt ein viertes kleines Tablett und geht zur vierten Tür rechts, klopft, gibt das Frühstück ab, kommt wieder zurück, nimmt ein fünftes kleines Tablett und geht damit jetzt links zu Tür fünf, klopft, es wird aufgemacht, sie gibt das Tablett ab, wieder zurück, zu Tür sechs mit einem Tablett, noch zweimal mit einem kleinen Tablett jeweils zu einer Tür. Das leere große Tablett wird gezeigt, Fanny nimmt das leere große Tablett, nachdem sie ein zweites großes volles Tablett von unten heraufgetragen und auf das Tischchen gestellt hat und geht mit dem leeren Tablett die Treppe hinunter. Die

Köchin nimmt von dem neuen vollen Tablett ein Tablett und geht damit zum Zimmer des Italieners, sie klopft, man hört wie der Italiener in seinem Zimmer sagt: *si si*, die Tür geht auf (laute Quartettmusik heraus), die Köchin gibt das Tablett ab, kommt zum großen Tablett und nimmt ein kleines Tablett und geht damit zum Zimmer des Spaniers, sie klopft, es wird wortlos aufgemacht, ihr das Tablett abgenommen, sie kommt zurück, ist sie am Treppenaufgang, von unten die Stimme der Schwester: *Anna! Anna!* Die Köchin bleibt stehen, horcht, von unten noch einmal: *Anna!* Während die Köchin ins Vorhaus hinunter horcht, geht die Tür des Italieners auf, der Italiener steht, im Hintergrund, in der Tür und horcht, macht die Tür wieder zu. Kamera vom Park auf das Portal. Die Schwester tritt heraus, ruft ins Portal hinein: *Fanny!* Die Fanny kommt mit einer unwirklich großen Rolle Heftpflaster und mehreren gebügelten zusammengelegten Leintüchern heraus, wie sie heraußen ist, sperrt die Schwester das Portal ab. Die Schwester geht, gefolgt von Fanny, zum Glashaus, Quartettmusik leise, setzt ganz aus, sind die beiden auf halbem Wege zum Glashaus, Einsetzen des Trauermarsches, jetzt plötzlich wie bei Föhnwetter, klar. Ein Schuß fällt im Wald hinter dem Herrenhaus. Trauermarsch sehr laut, die Schwester schaut in die Richtung, aus welcher man den Trauermarsch hört, auch die Fanny schaut dort hinüber. Kamera über die Baumkronen, Dorfseite unter dem Park in Richtung auf das Wirtshaus Zur schönen Aussicht, durch die hohen Wirtshausfenster hinein in den Saal auf die Kapelle. An der Fassade groß die Aufschrift ZUR SCHÖNEN AUSSICHT. Die WOLFSEGGER KAPELLE in der Saalecke, Dorfseite, mitten in der Probe, alle in Wochentagskleidern, auch der Kapellmeister, sie sitzen auf Weichholzsesseln, zwischen den Weichholzsesseln, auf welchen sie sitzen, ebensolche Weichholzsesseln mit Biergläsern darauf, der Saal ist schmutzig, die Dekoration von einem Ball, der vor ungefähr zwei Tagen hier in dem Saal stattgefunden hat, ist noch nicht abgenommen, es ist noch nicht einmal gelüftet worden, auf dem Boden liegen haufenweise Papierfetzen, Bierfilze, abgetreten, Fetzen, Schuhe et cetera, zertretene Schachteln, die Kamera zeigt sehr deutlich einen Bierfilz mit der Aufschrift EGGENBERGER BIER. Lampions, Papierschlangen, zum Großteil abgerissen, am Plafond. An den Wänden Bilder von Eisschützenmeisterschaften, Pokale et cetera, in der den Musikern gegenüberliegenden Ecke ein Haufen Eisstöcke. Daneben ein Stoß Wirtshausgartenbänke, lang, alt, zum Großteil aus Holz. An Kleiderleisten an der Wand hängen die Mäntel der Musiker, an einer Kleiderleiste an der Schank links neben der Tür Wirtsleutearbeitskleidung, ein Kehrbesen et cetera, mehrere sogenannte *Vürflecke*, Schlosseranzüge, Hüte et cetera. Neben der Tür rechts ein großer Partezettel, dicker schwarzer Rand mit großem Kreuz über einem unleserlichen Text. Der Partezettel ist mit einem Reißnagel an der Wand befestigt, er betrifft unzweifelhaft den Herrn, der Partezettel ist größer als alle jemals gedruckten Partezettel, andererseits überhaupt nicht entzifferbar, man sieht, der Text auf dem Partezettel ist großgedruckt und klar, aber man kann ihn nicht entziffern. Die Kamera zeigt den Partezettel deutlich. Dringt die Kamera in den Saal ein, steht der Kapellmeister mit aufgekrempelten Hemdärmeln taktschlagend, die Kapelle sitzt, es ist eine gewöhnliche Probe für das Begräbnis am nächsten Tag. Profil des Kapellmeisters, Nacken, Gesicht, Nase. Dreimaliges abruptes Einsetzen des Marsches: der Kapellmeister hebt den Taktstock, die Kapelle intoniert, der Kapellmeister klopft ab, dreimal hintereinander, sehr laut. Die Kamera zeigt während dieser Probe zuerst die im Türrahmen stehende Wirtin, stumpfsinnig schaut die Wirtin auf die Kapelle. Plötzlich entdeckt die Wirtin ein leeres Glas, sie holt das leere Glas von einem der Sessel bei den Musikern, geht damit zur Schank, füllt das Glas und trägt es wieder zu dem Sessel zurück, lehnt sich wieder in den Türrahmen. Die Kamera holt sich einzelne Musiker heraus. Nach dreimaligen Ansätzen wird ein Drittel des Marsches *sehr ruhig* gespielt, währenddessen ist die Einstellung auf der im Türrahmen stehenden Wirtin. Die Kamera ist jetzt die rücksichtsloseste. Der Rücken des Kapellmeisters wird gezeigt, langsam zeigt die Kamera den ganzen Rücken des Kapellmeisters vom Hosenansatz an. Jetzt haben die Musiker ihre Röcke ausgezogen. Sie schwitzen. Einer hat seinen Rock *nicht* ausgezogen und der neben ihm sagt: *ziag dein Roog aus* und der Angesprochene zieht seinen Rock aus. Noch bevor ein Drittel des Marsches gespielt ist, setzt leise Quartett II von Bartók ein, die Marschmusik wird leiser, die Quartettmusik bekommt Intensität, das Bild der Kapelle verschwimmt, wird vollkommen undeutlich, die Herrenhausfassade ist erkennbar, Zunehmen der Bartókmusik, das Bild ist plötzlich, wie auf einen Ruck, klar. Vor dem Portal steht der Leichenwagen, die Leichenbestatter, Chauffeur, Beifahrer, sind ausgestiegen, haben geläutet, die hintere Leichenwagentür ist ganz geöffnet, der Chauffeur hat einen großen, schwarzen Katafalküberwurf mit einem großen gestickten Silberkreuz in der Mitte auf seinem Arm, der Beifahrer trägt ein schwarzes, für Orden bestimmtes Samtpolster ohne Orden, die beiden stehen und warten, zweimal zu den Fenstern hinaufschauend, zehn Sekunden, das Portal wird aufgemacht, Katafalküberwurf und Polster werden ihnen abgenommen, man sieht nicht, von wem, sie grüßen kopfnickend mit abgenommenen Kappen, steigen, bevor sie die hintere Wagentür wieder zugemacht haben, ein, fahren ab. Einstellung Portal. Die Schwester tritt mit Kamm und Haarbürste heraus, sperrt zu, geht zum Glashaus hinüber. Wie sie vom Portal weggeht, plötzliches Abreißen der Quartettmusik. Die Schwester dreht sich, weil sie die Quartettmusik irritiert, um und schaut zum Italienerfenster hinauf. Man sieht, sie haßt diese Musik und sie haßt diesen Menschen, der sich ununterbrochen diese Musik vorspielt. Während sie zum Glashaus geht, erforscht sie die Sauberkeitsgrade der Bürste, des Kamms eingehend, auf halber Wegstrecke zum Glashaus Marschmusikbrocken vom Wirtshaus Zur schönen Aussicht herauf, die Marschmusik bricht ab, wie die Schwester im Glashaus verschwindet. Kamera die ganze Zeit hinter ihr. Kamera jetzt über den auf dem unfertigen, noch nicht einmal halbfertigen Weichholzkatafalk liegenden Leichnam des Herren, der vollständig nackt ist, weg, also von der Kopfseite des Katafalks, weg auf die eintretende Schwester. Der Kopf des Leichnams ist bis in halbe Augenhöhe einbandagiert, die Kamera zeigt zuerst den einbandagierten Kopf, dann darüber den Leichnam, der tatsächlich vollkommen nackt ist, vorn auseinanderstehende Füße, zwischen den Füßen durch Blick auf die eingetretene Schwester, die im Glashauseingang stehenbleibt, dort zwei Sekunden steht, und plötzlich rasch auf den Leichnam zugeht. Bleibt drei Sekunden hochaufgerichtet vor dem Leichnam *ihres Bruders* stehen. Sie beobachtet ihn scharf, als denke sie, ob wirklich keinerlei Bewegung in ihm ist. In ihrem jetzt großen, überdeutlichen Gesicht sieht man: es ist keinerlei Bewegung mehr in ihrem toten Bruder. Gezeigt wird jetzt rechts vom Katafalk das mit Wasser angefüllte Lavoir, das über den Lavoirrand heraushängende Handtuch, neben dem Lavoir eine offene Schachtel, aus der Stahlstifte zum Zusammenzimmern des Katafalks heraushängen. Hammer, Beißzange, Franzos, ein an dem erst zur Hälfte zusammengezimmerten Katafalk bereits wie zur Probe befestigtes Stück schwarzen schweren Samtes, das in einem großen Ballen auf dem Boden des Holzpodiums endet, durch diese Einstellung wird erst klar, daß der Katafalk *auf einem Theaterpodium* aus Holz steht, das die Hälfte des Glashauses einnimmt und jetzt zu sehen ist, auf dem Holzpodium ist die Dekoration für ein Theaterstück, alles sieht so aus, als wäre plötzlich eine Theaterprobe unterbrochen worden, mitten in der Probe habe man die Probe abbrechen müssen, alles liegen und stehenlassen. Geprobt worden ist ein Stück, das in der Zeit der Commedia dell'arte spielt, als handelte es sich um ein Stück von Goldoni, in der Hintergrundmitte ein hohes Fenster mit Blick auf einen großen Park mit Wasserspielen in leuchtenden Farben, man blickt auf einen Teich, an dessen Rändern wasserspeiende Figuren, dilettantisch gemalt auf Papier oder auf billigen Kunststoff. Rechts eine Tür wie das Fenster so hoch, daneben ein Sofa mit englischem Leinen überzogen. Darauf Ballkostüme, auf der ganzen Bühne Ballkostüme verstreut, vor allem auf dem Boden, ein Fächer auf dem Sofa, ein Hut mit Straußenfedern. Ein Seidenumhang, wie er für eine *Verwechslungskomödie* paßt. Venezianisch alles. Im Gegensatz zum Herrenhaus hier auf der Bühne alles überladen, penetrant, keinerlei Zurückhaltung, alles deutet darauf hin, *hier spielen wir Theater, das sind nicht wir*. Links von der Tür ein aufgeklappter Spieltisch, darunter Kostüme, neben dem Spieltisch links eine Spanische Wand, darunter liegt ein Reitsattel. Reitpeitsche auf dem Boden, auf dem Spieltisch ein Teddybär. Während die Kamera möglichst ruhig alle diese Gegenstände zeigt, das erschrocken verlassene Bild einer herrschaftlichen Laienbühne, Rollenbücher auf dem Spieltisch, eine Trompete auf dem Boden, einzelne Kostüme oder Gegenstände *direkt* anschaulich, einerseits eindringlich, andererseits hintereinander Dutzende wie abgeblättert von einem Kartenspiel, sehr rasch, fortwährend der Trauermarsch aus dem Wirtshaus Zur schönen Aussicht herauf. Man hat den Eindruck, hier ist eine herrschaftliche Laienbühne, auf welcher wochenlang ein Stück geprobt worden ist, auf welcher auf einmal, völlig unerwartet, ein Toter liegt, *der* Tote, *der Herr*. Die Schwester hat sich an den Fußenden des Katafalks aufgestützt, außer dem Marsch vom Wirtshaus Zur schönen Aussicht herauf (sehr leise) hört man nichts. Sie denkt: da liegt mein Bruder, zum ersten Mal in meinem Leben beherrsche ich ihn. Man sieht *ihre plötzliche Größe* am Katafalk. Sie nimmt das Handtuch und taucht es ins Lavoir und drückt es aus und wischt eine größere Blutkruste von der linken Schläfe des Toten ab. Die Stelle, an welcher die Kruste des offensichtlich aus dem einbandagierten Kopf ausgetretenen Blutes ist, deutet auf die Einschußstelle *des Selbstmörders* hin. Langsam wischt sie die Kruste ab, dann hebt sie zuerst den linken ganz am nackten Oberkörper des Toten liegenden Arm und legt ihn in größerem Abstand so, daß sie, was sie vorhat, den Leichnam besser abwischen kann, dann den rechten, auf die Katafalkbretter. Dann schiebt sie die Beine der Leiche auseinander, so daß das Glied vollkommen freiliegt. Sie wischt den Leichnam von oben bis unten mit dem feuchten Tuch ab, sehr sorgfältig, ohne Gesichtsbewegung, das Glied des Toten. Hat sie den ganzen Körper abgewischt, Arme und Beine wieder zusammengeschoben, nimmt sie die Bürste und will den Toten kämmen, plötzlich sieht sie: der Kopf ist ja einbandagiert, ich kann ihn ja gar nicht kämmen, über sich selbst erschrocken, wirft sie die Bürste ins Lavoir, die Bürste schwimmt im Wasser. Sie wirft auch den Kamm ins Lavoir. Hinter der Schwester erscheint plötzlich die Fanny mit einem großen weißen Emailkrug voll heißen Wassers. Die Fanny ist an den Türstock gestoßen, die Schwester dreht sich aber nicht um, sie sagt: *er ist sauber genug.* Die Fanny stellt den Krug mit heißem Wasser auf das Podium und nimmt das Lavoir, in dem Bürste und Kamm schwimmen. Die Fanny sagt fragend: *aussischüttn?* Die Schwester antwortet nicht. Die Fanny nimmt Bürste und Kamm aus dem Lavoir und legt Bürste und Kamm aufs Podium und geht mit dem Lavoir aus dem Glashaus hinaus und schüttet das Lavoir draußen aus und kommt mit dem leeren Lavoir wieder herein, füllt das Lavoir aus dem Krug mit heißem Wasser, taucht das Handtuch ins Lavoir und gibt es der Schwester, die inzwischen den Kopf des Toten aufgehoben hat und sagt: *halt den Kopf!* und die Fanny hält den Kopf des Toten und die Schwester wischt ihn mit dem Handtuch ab, vor allem den Nacken. Aus den Zimmern im zweiten Stock werden nach und nach die kleinen Tabletts mit schmutzigem Geschirr herausgestellt auf kleine Tischchen neben den Türen, man sieht nicht, *wer* die Tabletts herausbringt und auf die Tischchen stellt, man sieht Türen auf- und zugehen und Hände, die die Tabletts abstellen und hört die Geräusche, die dieser Vorgang verursacht. Mit einem riesigen Tablett solcher kleiner Tabletts kommt die Köchin in die Küche, Kamera vom Fenster aus, stellt alles auf dem Tisch neben dem Herd ab, während auf dem Herd schon in großen Töpfen das Mittagessen dampft, auf der Kredenz Stöße von sauberen Tellern für das Mittagessen, Bestecke et cetera, alles für mindestens dreißig oder fünfunddreißig Personen. Die Köchin zum Fenster, schaut hinaus als kämen Leute an, die sie interessieren. Neben den Haufen von schmutzigem Frühstücksgeschirr macht sie in großen Schüsseln Salat an. Der Hausbursch tritt ein, an einer Besenstange, aufgehängt an kleinen Schnüren, hat er zwölf tote weiße Hühner, die Köchin schaut ihn, wie er mit den toten Hühnern auf der Besenstange unter der Tür steht, an und sagt: *leg s' da hi!* während sie auf eine große Emailschüssel auf dem Fensterbrett deutet, der Hausbursch geht zur Schüssel hin und läßt die toten Hühner von der Besenstange in die Emailschüssel rutschen. Der Bursch sagt zur Köchin: *vamessn dans, vamessen. Lauta Vamessa!* Die Köchin wiederholt: *lauta Vamessa!* Nach fünf sechs Sekunden, der Hausbursch hat sich an den Tisch gesetzt, die Füße ausgestreckt, hingelümmelt, sagt er: *da Italiena is scho auf!* Darauf die Köchin, auf die Uhr schauend: *is eh Zeit.* Plötzlich läutet es in der Küche, über der Küchentür eine elektrische Klingel. Die Köchin bindet sich das Kopftuch fest und geht hinaus, die Kamera zeigt, wie sie durchs ganze Vorhaus zum Portal geht. Sie macht das Portal auf. Draußen steht der POSTAMTSLEITER mit einem Telegramm, sagt: *is do a Herr Selvani? A Telegramm.* Die Köchin nickt, nimmt das Telegramm an sich, geht wieder das ganze Vorhaus bis zum Treppenabsatz zurück und über die Treppe hinauf, nach ein paar Stufen Kamera weg von ihr. Der Postamtsleiter geht rasch vom Portal weg über den Park, Kamera am Parktor dann zum Fenster des Italieners hinauf, durch das Zimmer des Italieners auf die Tür, die aufgeht, die Köchin steht in der Tür. Kamera vom Gang, das Quartett sehr laut, immer noch Nummer II. Die Köchin übergibt das Telegramm, man sieht den Italiener nicht. Sie macht die Tür zu. Husten aus dem Spanierzimmer, die Köchin schaut auf die Tür des Spaniers, geht zum Treppenabsatz, läuft hinunter, bis nur mehr noch ihr Hinterkopf zu sehen ist, Kamera weg vom unteren Treppenabsatz, die Köchin läuft auf die Kamera zu über die Treppe herunter. Stille. Quartettmusik kurz, abbrechend. Fenster des Italieners, offen. Nachlassen der gerade noch sehr lauten Quartettmusik, Marsch vom Wirtshaus Zur schönen Aussicht herauf, während die Kamera vom Fenster des Italieners weg nach links alles bis zum Glashaus zeigt, Glashauswand, schließlich nach links, das ganze Wirtschaftsgebäude, durch das Wirtschaftsgebäudetor werden vom Hausburschen drei, vier Kühe getrieben, durch das Tor herein in den Stall links. Ein Schuß fällt, die Kühe stürzen aufgeschreckt in den Stall. Der Hausbursch allein auf dem Hof mit auseinandergestreckten Beinen, die er plötzlich kreuzt, ohne umzufallen, Kamera auf sein Gesicht, dann plötzlich auf seine rechte Hand, mit der er auf sein Glied greift, das Glied fest zusammenpreßt. Vom Glashaus der Ruf der Schwester: *Fanny! Fanny!* Kamera auf das Portal, Fanny kommt aus dem Portal, trägt einen großen Wäschekorb mit einem Stoß Leintüchern, Polsterüberzügen, geht auf das Glashaus zu, läuft so schnell sie kann. Stellt den Korb plötzlich auf halbem Weg ab und läuft zurück, schlägt die Portaltür so laut zu, daß es hallt. Im Fenster des Italieners erscheint der Italiener, schaut herunter, Fenster des Spaniers, der Spanier im Fenster, schaut herunter, die Kamera zeigt die ganze Fassade, Italiener und Spanier schauen aus ihren Fenstern herunter in den Park. Schon zehn Sekunden lang das Geräusch eines jetzt durchs Parktor einfahrenden Traktors mit Anhänger auf dem Weichholzbretter liegen, Pfosten zur Fertigstellung des Katafalks offensichtlich, der Traktor biegt in den Park ein und fährt, während Italiener und Spanier aus ihren Fenstern jetzt auf den Traktor schauen, bis zum Portal und bleibt vor dem Portal stehen. Fanny hat den Wäschekorb aufgehoben, schaut zum Traktor herüber. Der TRAKTORFAHRER hat eine braune Motorradlederkappe auf, die bis über die Ohren heruntergezogen ist, braunen Ledermantel an, Kamera auf Fanny, Traktorfahrer, Fanny, Traktorfahrer, Fanny: *warum fährt der Traktor zum Portal, anstatt zum Glashaus?* Jetzt werden nach und nach von links oben angefangen, alle Fenster an der Herrenhausfassade aufgemacht, nicht regelmäßig, unregelmäßig, Leute schauen auf den Traktor herunter, je nach der Reaktionsfähigkeit werden die Fenster aufgemacht, wie gleichzeitig, aber doch nicht gleichzeitig, etwa zuerst das dritte Fenster von rechts oben, gleichzeitig das zweite Fenster rechts im Parterre, das dritte Fenster von links oben et cetera, alle Fenster werden wie in einer plötzlichen, krankhaften Erregung der Fassade aufgemacht, doch die Kamera zeigt das Bild *ruhig*, in drei oder vier Fenstern, außer dem Italiener- und Spanierfenster, werden Gestalten sichtbar, alle diese Gesichter schauen auf den Traktor herunter, noch immer hat die Fanny den Wäschekorb aufgenommen und schaut unbeweglich auf den Traktor. Der Fahrer ist abgestiegen. Jetzt schließt der Italiener plötzlich sein Fenster, die Quartettmusik ist verstummt, der Traktorfahrer zieht an der Glocke, schaut hinauf. Sein Profil wird gezeigt. Als erwartete er jetzt, da der Traktor vollkommen unbeweglich vor dem Portal steht, die Handbremse des Traktors ist angezogen, der Motor abgestellt, daß das Portal geöffnet wird. Aber das Portal wird nicht aufgemacht. Zwölf Sekunden sitzt der Fahrer auf dem Traktor und das Portal wird nicht aufgemacht. Der Fahrer steigt ab und läutet. Jetzt erst stellt die Fanny den Wäschekorb ab und läuft zum Traktor und sagt dem Traktorfahrer, er solle vom Portal weg zum Glashaus fahren, sie sagt etwas, was man nicht versteht, der Sinn ist: *zum Glashaus!* Der Fahrer steigt auf den Traktor, startet, sitzt wieder völlig unbeweglich und mit hoch erhobenem Kopf auf dem Traktor, die Fanny setzt sich neben ihn auf den Beifahrersitz, der Traktor fährt zum Glashaus, die Kamera zeigt aber jetzt, während der Traktor zum Glashaus fährt, die Fassade, auf welcher jetzt nach und nach, und zwar in der gleichen Reihenfolge, wie sie vorher geöffnet worden sind, alle Fenster wieder geschlossen werden. Sind alle Fenster geschlossen, macht der Italiener sein Fenster wieder auf. Jetzt ist der Traktor beim Glashaus, der Fahrer stellt den Motor ab, die Quartettmusik plötzlich sehr laut. Vier oder fünf Arbeiter laden Bretter und Pfosten vom Traktoranhänger ab. Fanny kommt von rechts, Kamera am Glashauseingang postiert, mit dem Wäschekorb und geht ins Glashaus. Aus dem Glashausinnern die Geräusche, die das endgültige Zusammenzimmern des Katafalks verursachen, Drapierung et cetera, während die Kamera die ARBEITER zeigt, die *durch den Tod des Herren langsam* arbeiten. *Sie empfinden das Ereignis* des Todes des Herrn, nur die Geräusche des Abladens der Bretter und Pfosten, dazu die aus dem Glashaus, Herausreißen von Nägeln mit einer Beißzange et cetera, aber diese Geräusche verstummen langsam und werden abgelöst vom Geräusch des Holzhackens eines alten Mannes, den die Kamera jetzt zeigt, der alte Mann hackt hinter dem Altersheim Holz, diesen alten Mann sieht man nach und nach deutlicher, der Holzhaufen ist mindestens zweimal so groß wie der Holzhacker, man hat den Eindruck, der alte Holzhackende wird mit dem Anwachsen des Holzhaufens lächerlich, das Bild vermittelt den Eindruck, der Holzhaufen wird noch mindestens zehnmal größer als er jetzt ist, dadurch der Holzhackende zehnmal lächerlicher, armseliger, eine alte Frau, die mindestens um ein Drittel größer ist als der alte Mann, tritt auf, bringt dem alten Mann eine Jause auf einem Steingutteller, ein Stück Stangenkäse, Brot, legt den Teller auf den Hackstock. Plötzlich der fleischaushakkende Fleischhauer durch die Fleischereitür. Der Bäcker durch die Bäckereitür. Dorfplatz. Kriegerdenkmal. Mariensäule. Die Tankwartin an der Tankstelle. Der Bäcker zieht das rechte Rouleau hinauf. Der Pfarrer am Pfarrhoffenster. Vor dem Wirtshaus Zur schönen Aussicht bleibt ein Wagen stehn, ZWEI HERREN steigen aus, tragen Koffer ins Wirtshaus, in das Gasthaus auf dem Dorfplatz gehen Herren mit Koffern, auf der Straße von Ottnang nach Wolfsegg hinauf mehrere hintereinander fahrende Wagen, die vom Landvermesser beobachtet werden, zuerst zeigt die Kamera den Landvermesser und die Wagen, dann zeigt des Landvermessers Objektiv die Wagen, dann MEHRERE Landvermesser auf dem Friedhof, längere Einstellung, wie sie durch ihre Objektive zum Herrenhaus *hinauf*schauen, ins Dorf *hinein*schauen, in das Gebirge *hinein*schauen, wie sie sich gegenseitig beobachten, vier oder fünf Stative auf dem Friedhof, ein Stativ auf der Friedhofsmauer, ein Landvermesser in einem Pfarrhoffenster. Kamera vom Pfarrhoffenster weg ins Tal hinunter, Pfeifen der Lokomotive, das Geräusch, wie wenn die Lokomotive noch immer stecken geblieben wäre. Der Dorfplatz wird gezeigt, er ist schon halbvoll mit Autos jener Leute, die offensichtlich zum Begräbnis des Herrn gekommen sind, Kamera ins Pfarrhofzimmer auf die Standuhr, die zwölf Uhr zeigt. In diesem Augenblick Aufschreien mehrerer Schulklassen, *aller* Schulklassen von Wolfsegg, während die Kamera auf dem Zifferblatt bleibt, das *Auf*schreien und schließlich Schreien der Schulklassen dauert so lange, bis die Schulklassen den ganzen Dorfplatz vom Kriegerdenkmal bis zur Mariensäule überquert haben, diese Dorfplatzüberquerung aber wird *nicht gezeigt*, die Kamera bleibt auf dem Zifferblatt, sind die Kinder mitten auf dem Dorfplatz, hat das Schreien den Höhepunkt erreicht, verebbt langsam mit den zur Mariensäule laufenden Kindern, verstummt, wenn das letzte Kind an der Mariensäule vorbei ist, hinunter Richtung Gaspoltshofen. Ist das Schreien verstummt, Kamera sofort auf den Dorfplatz, auf dem kein Kind ist wie bei der letzten Einstellung, man sieht, da ist gerade *das Geschrei gewesen*, jetzt ist das Geschrei *weg*, alles ist leer, der Eindruck, nicht nur der Dorfplatz ist leer, *alles* ist leer, die Leere, die durch die vielen Autos nur noch verstärkt wird, die Position der Kamera ist vor der Bäckerei hinter dem Kriegerdenkmal. Von dort, wo man annimmt, daß die Schulkinder hinunter gestürzt sind, kommen jetzt die Ministranten (I und II) herauf, der leere Dorfplatz ist mindestens zwölf Sekunden gezeigt worden, die zwei Ministranten mit zwei schwarzen Fahnenstangen mit schwarzen Fahnentüchern, sie tragen die Fahnen über den ganzen Dorfplatz auf die Kamera zu, diese Einstellung, was die Weite des Dorfplatzes betrifft, erinnert an De Chirico.

Während die Ministranten auf die Kamera zugehen, werden auf dem Dorfplatz einmal links, einmal rechts verschiedene Rouleaus heruntergelassen, Vorhänge zugezogen, das Herunterlassen der Rouleaus verursacht großen Lärm, man hört auch ganz unnatürlich das Zuziehen der Vorhänge, die Atmosphäre ist, während die Ministranten auf die Kamera zugehn, *eine absolut künstliche*. Die Ministranten sind aber von dem Herunterlassen der Rouleaus und von dem Zuziehen der Vorhänge völlig unbeeindruckt, *sie registrieren das nicht*. Die Ministranten sind noch acht, neun Schritte von der Kamera entfernt, da setzt Kirchengeläut ein, dumpf, festtäglich, die Kamera bleibt auf den Dorfplatz gerichtet, sind die Ministranten an der Kamera vorbei, kommt hinter der Mariensäule wie von Gaspoltshofen herauf der Leichenwagen, auf dem Leichenwagen liegen drei große Kränze, der Leichenwagen fährt langsam über den ganzen Dorfplatz an der Kamera vorbei, hinter dem Leichenwagen überquert die Tankwartin den Dorfplatz, geht in das der Tankstelle gegenüberliegende Haus hinein, ist sie in dem Haus, tritt aus dem Haus ein etwa vierzigjähriger Mann in Gummistiefeln und in einem Schlosseranzug mit einer Segeltucharbeitskappe auf dem Kopf und geht zur Tankstelle und setzt sich auf ein dort bis jetzt unsichtbar gebliebenes Motorrad, startet es und fährt mit dem Motorrad an der Mariensäule vorbei, Richtung Gaspoltshofen hinunter. *Aus* Richtung Gaspoltshofen kommt ein großer Schweinetransporter, in welchem Schweine brüllen und fährt über den Platz am Kriegerdenkmal vorbei. Kamera am Parktor. Die Ministranten kommen vom Platz vor dem Wirtshaus Zur schönen Aussicht herauf, sie laufen und es macht ihnen keinerlei Schwierigkeiten, die Straße heraufzulaufen mit den Fahnenstangen, sie schwenken die Fahnenstangen, wie Kinder gern im Laufen. In Dreiviertelhöhe stürzen sie plötzlich, stehen wieder auf, laufen weiter, noch schneller. Kamera im Glashaus, die Ministranten treten ein mit den Fahnen, Kamera hinter dem Leichnam, jetzt erkennt man, daß der Leichnam *schon sehr hoch* aufgebahrt ist, die Aufbahrung hat schon Kontur, auch brennen neben dem Toten jetzt mehr Kerzen, alle so hoch wie die an den Leuchtern, die die Ministranten aus der Kirche heraufgebracht haben, jetzt acht Kerzen auf acht Leuchtern. Die Atmosphäre im Glashaus ist keine improvisierte mehr, die Theateratmosphäre ist zurückgedrängt, es handelt sich nicht mehr um einen Theaterschauplatz, sondern um eine Aufbahrungshalle. Das Glashaus ist aber, die Dekoration betreffend, vollkommen unverändert, nur ist die Theaterdekoration verdüstert, abgedunkelt. Kaum mehr erkennbar, die Aufbahrung im Gegensatz dazu klar, deutlich, ganz im Vordergrund, der Blick ist auf die Aufbahrung konzentriert, doch kann der Betrachter noch immer die Bühnendekoration sehen, aber sie ist unwichtig geworden. Man sieht, der Leichnam ist jetzt schon komplett für die Begräbnisfeierlichkeit angezogen, seine Hände sind auf seinem Bauch gefaltet et cetera, sehr deutlich die breiten Lampassen an den Hosenbeinen, Hirschhornknöpfe, et cetera, nur Krawatte und Schuhe fehlen noch. Über den Leichnam im schweren Steyrerlodenanzug weg sieht man, er hat noch keine Schuhe an, die Krawatte fehlt, die nackten Füße kontrastieren stark zu dem komplett angezogenen Toten. Die Ministranten treten an den Leichnam heran, halten die Fahnenstangen fest, die Füße des Toten sind auseinandergeneigt, die Kamera auf die Gesichter der Ministranten, wieder zurück auf die Füße des Toten, auf den Bauch des Toten, auf den Hinterkopf des Toten. Jetzt erkennt man ganz rechts am Fußende des Toten die Schwester, die mit einem Paar schwarzer Halbschuhe an den Leichnam herangetreten ist, sie stellt die Halbschuhe (Lackhalbschuhe) zwischen die Totenfüße, nimmt den Ministranten die Fahnenstangen ab, gibt ihnen die Fahnenstangen wieder zurück, die Ministranten stecken die Fahnenstangen in seitlich am Katafalk angebrachte Eisenringe. Die Ministranten gehen aus dem Glashaus hinaus. *Fanny! Fanny!* sagt die Schwester, sie spricht *Fanny! Fanny!*, einerseits bedeutet das: Rufen der Fanny, andererseits hört es sich an, als sagte die Schwester zu sich selbst Fanny! Fanny!

Von dort, von wo zuerst die Schwester gekommen ist, tritt jetzt Fanny auf, die beiden ziehen jetzt dem Leichnam die Halbschuhe an. Hastig, ungeduldig, es gelingt ihnen nicht, dem Leichnam einen Schuh anzuziehen, zum ersten Mal hat man den Eindruck, die Schwester empfinde ihren Bruder *als tot*, sie überläßt das Schuheanziehen schweigend der Fanny. Im Hintergrund auf einmal der Hausbursch, deutlich die Umrisse seines Körpers, seines Kopfes mit der Segeltucharbeitskappe, der Hausbursch geht auf den Leichnam zu, die beiden Frauen weichen zurück, der Bursch zieht in der kürzesten Zeit brutal dem Leichnam die Halbschuhe an. Ungerührt, geschickt. Die Totenfüße stark nach außen. Das irritiert die Schwester, sie stößt den Burschen weg und versucht, die Totenfüße zusammenzubringen, es gelingt ihr aber nicht, Kamera von vorn auf die Leiche. Jetzt gibt die Fanny der Schwester ein Gummiband, das sie aus einer Schachtel auf dem Podium herausgenommen hat, die Schwester zieht das Gummiband über die Totenfüße, die jetzt zusammenhalten, die Fußspitzen stehen genau in die Höhe. Die Schwester zieht die Hosenbeine herunter, daß man das Gummiband nicht sieht. Sie tritt zurück, Hausbursch und Fanny treten zurück. Die ganze Leiche vier, fünf Sekunden im Bild. Plötzlich die Schwester: *die Krawatte! Die Krawatte!* Sie zieht, wo sie sonst den Schlüsselbund hat, eine schwarze Krawatte aus der Weste und bindet sie dem Toten um. Der Bursch muß den Kopf der Leiche hochhalten, die Fanny schlägt den Kragen hoch, die Schwester bindet den Kragen um, rasch. Ist die Krawatte umgebunden, der Kragen wieder heruntergeschlagen, ist der Leichnam tatsächlich ordentlich angezogen, tritt die Schwester in kritischer Beobachtung einen Schritt vom Katafalk zurück, Bursch und Fanny auch zurück. Die Kamera zeigt die drei von hinten, man sieht nur die Kerzen, nicht die Leiche. Vier, fünf Sekunden in dieser Einstellung, die Schwester tritt noch einen Schritt zurück, plötzlich versucht sie, den ganzen Katafalk um einen halben Meter anzuschieben, zurück, tiefer in das Podium hinein, was ihr naturgemäß allein nicht gelingt, aber zu dritt gelingt es, den Katafalk etwa einen halben Meter auf dem Podium zurückzuschieben, das verursacht ein lautes, fürchterliches Geräusch. Jetzt stellen alle drei auch die Leuchter neben dem Katafalk um die Länge, um die sie den Katafalk verschoben haben, zurück. Die Schwester richtet sich auf, bleibt starr stehen, Mädchen und Hausbursch neben ihr, ebenso starr. Die Schwester sagt: *tot!* nach zwei Sekunden im gleichen Tonfall: *tot!* Darauf plötzlich, die Fanny elektrisierend: *die Polster! Die Polster!* Fanny erschrocken über ihre Unaufmerksamkeit, wie man plötzlich genau sieht, liegt der Kopf der Leiche auf dem Samttuch, auf keinem einzigen Polster, man sieht, die Fanny hat längst den Auftrag gehabt, Polster zu bringen, aber keine Polster gebracht, die Fanny dreht sich um und rennt aus dem Glashaus hinaus, Bursch und Schwester bleiben stehen, die Schwester sagt: *Polster! Polster!* und sagt dann: *die Holzklötze! Die Holzklötze!* und kommandiert dem Burschen: *die Holzklötze müssen untergelegt werden, die Holzklötze müssen untergelegt werden!* und der Bursche hebt zwei Holzklötze vom Podium auf und legt zuerst einen Holzklotz unter die Kopfseite des Katafalks rechts, so daß der Katafalk an der Kopfseite rechts um mindestens fünfzehn Zentimeter höher ist als links und legt dann den zweiten Klotz links unter den Katafalk, so daß rechte und linke Kopfseite des Katafalks gleich hoch sind. Bursch stellt sich neben die Schwester. Schwester: *die Polster! Die Polster!* Eintritt der Fanny durch die Glashaustür mit einem riesigen Papierpolster, der Papierpolster ist so groß, daß er über den Katafalk hinausragt, noch hat die Schwester das Eintreten der Fanny nicht bemerkt, sie sagt noch einmal, zweimal kurz hintereinander: *Polster! Polster!*, während sie denkt: der Leichnam muß noch höher liegen und sie sagt: *höher! höher!* Die Fanny stößt von hinten mit dem Polster an die Schwester, die Schwester zur Seite, der Bursch zur Seite, Schwester und Bursch heben den Kopf der Leiche hoch, damit die Fanny den Polster unterschieben kann, die Schwester bedeutet der Fanny, sie solle den Polster *genau* unter den Kopf der Leiche schieben, sie haßt, merkt man, Asymmetrie. Ist der Totenkopf genau auf dem Polster, treten alle zurück, auch der Bursch tritt zurück, stellen sich am Fußende auf und bleiben in dieser Stellung, zwei, drei Sekunden, nachdem sie hoch aufgerichtet auf die Leiche starren, der Bursch mit aufgerissenem Mund, plötzlich Einsetzen der Marschmusik vom Wirtshaus Zur schönen Aussicht herauf vier Sekunden, dann Abbrechen der Marschmusik. Jetzt sieht man deutlich: der Leichnam liegt auf einem schwarzen Samttuch, damit der Leichnam nicht abrutschen kann, schiebt die Schwester am Fußende eine schwarze Holzleiste unter die Füße des Toten, die der Tote aber nicht berührt, der Bursch hat der Schwester die Leiste gegeben, die Leiste war auf dem Podium. Plötzlich Wiedereinsetzen der Marschmusik, drei Sekunden, laut. Abbrechen der Marschmusik. Park vom Glashaus aus mit Herrenhausfassade. Drei Stative im Park, *ohne* Landvermesser, bilden ein gleichschenkeliges Dreieck, unter einem Stativ (in Glashausnähe) Landkarten, Papiere, Bücher et cetera, stark einsetzendes Geräusch einer von Osten nach Westen Wolfsegg überquerenden Caravelle. Das offene Fenster des Spaniers wird geschlossen. Am Parkzaun vom Glashaus rechts, etwa in der Mitte zwischen Glashaus und Herrenhausmauer rechts der Landvermesser auf einem dreibeinigen Landvermessersessel, der Landvermesser schaut, das Caravellegeräusch verfolgend, in die Höhe, die Kamera zeigt den Landvermesser, das Caravellegeräusch bricht ab, der Landvermesser steht auf und geht zu dem Stativ mit den Landkarten und Papieren, nimmt eine Landkarte auf, schaut hinein, wirft sie weg und schaut dann durch das Objektiv in die Richtung, in welcher die Caravelle *anscheinend* geflogen ist, schließlich stellt er sein Objektiv auf die Herrenhausfassade ein. Der Spanier macht selbst sein Fenster wieder auf. Kurzes Einsetzen der Quartettmusik hinter dem Italienerfenster, Abbrechen der Quartettmusik. Stille. Kamera zeigt Fassade ohne Landvermesser, plötzlich von der Fassade aus das Glashaus, von wo die Schwester und die Fanny mit dem

Hausburschen kommen, auf der Höhe des Landvermessers grüßt der Landvermesser die Schwester mit einer Verbeugung, die drei gehen aber, ohne von dem Landvermesser Notiz zu nehmen, durch das Portal ins Herrenhaus hinein, der Landvermesser schaut durch sein Objektiv auf das jetzt geschlossene Portal, die Schwester kommt mit einem zweiten Papierpolster, der genauso groß ist wie der erste, den sie schon dem Toten untergelegt haben, aus dem Portal heraus und geht damit zum Glashaus, was der Landvermesser so lange durch sein Objektiv beobachtet, bis die Schwester mit dem Polster an ihm vorbei ist, dann sieht der Landvermesser durch sein Objektiv den Italiener so lange, bis die Quartettmusik (II) abbricht und der Italiener, der am Fenster gestanden war, vom Fenster weggeht, um, was jetzt die Kamera zeigt, eine neue Platte aufzulegen. Das Quartett III setzt ein, der Italiener geht wieder zum Fenster, die Kamera zeigt ihn von hinten, am Fenster stehend. Der Landvermesser, der vom Italiener beobachtet wird, schwenkt sein Objektiv auf das Fenster des Spaniers, der Spanier ist untersetzt, kräftig, pedantisch, schwarzhaarig, gut gekämmt, er reinigt sich mit einem Zahnstocher die Zähne am Fenster, hat keinen Rock an, Hosenträger gespannt, man sieht, das Mittagessen ist vorüber. Er schaut in einen Handspiegel, hat den Landvermesser nicht bemerkt, zum Unterschied vom Italiener, der den Landvermesser im Park bemerkt hat, hat der Spanier den Landvermesser überhaupt noch nicht bemerkt. Das Objektiv des Landvermessers hat die Funktion der Kamera übernommen. Der Spanier beobachtet am Fenster eingehend sein Gebiß im Spiegel. Plötzlich bricht die Quartettmusik ab, der Spanier schaut erschrocken zum Italienerfenster. Die Quartettmusik setzt wieder ein, wieder beobachtet der Spanier sein Gebiß. Er knöpft sein Hemd auf, greift sich mit der rechten Hand unter das Hemd, etwa da hin, wo die Leber ist und zieht die Hand wieder zurück und knöpft sich das Hemd wieder zu. Jetzt durch das Objektiv des Landvermessers Blick auf das Herrenhausdach, auf welchem ein Stativ steht, das auf das Objektiv im Park gerichtet ist. Drei Sekunden. Plötzlich laut aus dem Innern des Herrenhauses: *Gianni!* Ein zweites Mal: *Gianni!* Darauf der Italiener (Kamera in seinem Zimmer) in seinem Zimmer: *gleich! Sofort! Sofort, Max!* Kamera wieder im Park auf das Fenster des Italieners. Der Italiener macht sein Fenster zu, die Quartettmusik aus. Der Spanier am Fenster, in seiner Gebißbeobachtung innehaltend, wie wenn er horchte. Das Portal geht auf, in ihm steht der SOHN (Max), die Kamera zeigt jetzt den Landvermesser im Park, der eine Verbeugung zum Portal hin macht, wenn der Sohn auftritt. Der Sohn hat einen englischen Harristweedanzug (Knickerbocker) an, keine Kopfbedeckung, tritt vor das Portal, dreht sich um und ruft in das offene Portal hinein: *Gianni! Gianni!* Geht dann etwa vier Schritte auf den Landvermesser zu, dreht sich um und schaut auf das Herrenhausdach, auf das Stativ dort oben, dreht sich wieder um und geht noch ein Stück auf den Landvermesser zu, schlank, elegante Bewegungen, schaut auf das Portal, der Italiener kommt heraus in einem sehr eleganten modischen italienischen Anzug, der Jahreszeit entsprechend, ebenfalls ohne Kopfbedeckung. Stecktuch et cetera, Hose ohne Stulpe, der Italiener zum Sohn: *hast du lange gewartet?* Sohn: *nein, nicht lange.* Der Italiener will Richtung Glashaus, aber der Sohn bedeutet ihm, doch zum Landvermesser zu kommen, der Sohn spricht korrektes Hochdeutsch mit leicht österreichischem Akzent, der Italiener ist Florentiner, merkt man sofort, von unglaublicher Leichtigkeit in der Bewegung, intellektueller als der Sohn, der Typus des modernen italienischen Intellektuellen mit Besitzhintergrund, beide sind gebildete Männer, die sich dessen bewußt sind, die an viel Gesellschaft, Reisen, Lektüre et cetera, an die wichtigsten Sprachen gewöhnt sind. Der Sohn stellt den Italiener dem Landvermesser vor, er sagt: *Gianni Selvani, der Italiener.* Der Landvermesser (im langen Hubertusmantel) sagt seinen Namen unverständlich. Der Sohn zum Italiener: *seit Jahren wird hier alles vermessen. Überall Stative, wohin man schaut, Stative. Aber das beun-*

*ruhigt mich nicht. Mich nicht, meinen Vater hat das beunruhigt. Er hat die Landvermesser gehaßt. Er hat das Vermessen gehaßt. Mich beunruhigt das alles nicht. Wohin gehn wir? In den Wald? Si si, in den Wald*, sagt der Italiener. Die beiden vom Landvermesser weg zum Parktor, der Landvermesser nimmt seine Arbeit wieder auf, mit seinem Objektiv auf das Stativ auf dem Dach, dann auf die beiden, den Italiener, den Sohn, die durch das Parktor gehen. Dann Objektiv auf das Wirtschaftsgebäude schwenkend, aus welchem, durch das Mitteltor, eine ALTE DAME an einem Stock herauskommt, langsam, mühsam, aber Dame, kommt sie vom Wirtschaftsgebäude in den Park, schwarze Kleidung, weißhaarig, dick, schwarzes Cape auf den Schultern, Lorgnon an langer Schnur et cetera. Langsam auf den Landvermesser zugehend, der das Stativ auf dem Dach beobachtet. Kamera auf das Fenster des Spaniers, die alte Dame bleibt stehen und hebt den Stock und ruft zum Fenster des Spaniers hinauf: *Señor Lagoya!* Ein zweites Mal laut: *Señor Lagoya!* Ihre Stimme ist künstlich, sehr laut, so daß sie der Spanier hören muß, während er sie in Wirklichkeit gar nicht hören kann. Der Spanier öffnet sein Fenster, schaut heraus. Alte Dame: *Señor Lagoya! Sind Sie bereit?* Der Spanier macht eine nur angedeutete Verbeugung im Fenster, die Verbeugung heißt gleichzeitig: ich komme sofort, augenblicklich, er hat schon seinen Rock an, er macht rasch das Fenster zu, währenddessen dreht sich die alte Dame um und beobachtet den Landvermesser, der das Wirtschaftsgebäude beobachtet. Diese Szene ist die ruhigste und dauert bis der Spanier aus dem Portal tritt, das Portal absperrt und auf die Dame zugeht und mit der Dame am Landvermesser vorbei geht, Arm in Arm, ohne von dem Landvermesser Notiz zu nehmen, der das Wirtschaftsgebäude intensiv beobachtet. Kamera so lange auf den beiden, bis klar ist, sie gehen ins Wirtschaftsgebäude und durch das Wirtschaftsgebäude in die hinter dem Wirtschaftgebäude liegende Landschaft, ohne daß das gezeigt wird. Die beiden gehen naturgemäß so langsam, daß es unmöglich ist, sie weiter zu verfolgen, also mehrere aufeinanderfolgende Standbilder, die sehr rasch zeigen, wie langsam die beiden, Spanier und alte Dame, zum Wirtschaftsgebäude gehen. Während dieser Szene vom Wirtshaus Zur schönen Aussicht herauf, Marschmusik, zweimal abbrechend, wieder einsetzend, abbrechend. Küche: Köchin und Fanny, im Hintergrund die Mädchen (I, II, III) mit Abwaschen und Abtrocknen beschäftigt, die Köchin kocht Kaffee, der Bursch sitzt am Tisch, trinkt ein Glas Most ganz aus, steht auf, setzt die Kappe, die er auf dem Tisch liegen gehabt hat, auf und zeigt urplötzlich der Köchin die Zunge, streckt die Zunge so weit wie möglich heraus, während er den Oberkörper viehisch so weit wie möglich in Richtung Köchin vorstreckt. Die Köchin reagiert mit Bewegungslosigkeit, die Mädchen mit Gelächter im Hintergrund, getrauen sich zuerst nicht zu lachen, lachen aber plötzlich kurz. Der Bursch aus der Küche hinaus, die Köchin schaut auf die Uhr. Man hat den Eindruck, es sind mehrere Dutzend Mittagessen gekocht worden, Hunderte schmutziger Teller et cetera stehen herum, wie gerade aus dem Speisezimmer zurückgekommen. Man hat den Eindruck, daß, obwohl man sie nicht deutlich genug sieht, durch oftmaliges Aufgehen und Zufallen von Türen ist das zu zeigen, zweiter Stock oben, erster Stock, Auf- und Zugehen von Türen, eintretende Personen, über die Gänge gehende Personen, daß schon sehr viele Traugäste im Haus sind, also in der Küche mehr und mehr Arbeit, jetzt, nach dem Mittagessen, schon sehr viel mehr Arbeit als noch nach dem Frühstück, die Menschenvermehrung im Herrenhaus ist jetzt schon an der Geschirrvermehrung in der Küche festzustellen. Plötzlich geht die Küchentür auf und ein SCHWARZGEKLEIDETER MANN steht in der Tür, groß, schlank, beinahe so groß wie die Tür, die Köchin gibt ihm wortlos eine Schale Kaffee, der Mann verschwindet, gleich darauf ein ZWEITER MANN in dunkelgrauem Anzug, die Köchin gibt ihm eine Schale Kaffee und der Mann verschwindet, kleine Kaffeeschalen auf kleinen Untertassen mit einem Kaffeelöffel, ein DRITTER MANN kommt herein, die Köchin gibt ihm einen kleiner Teller mit einer Banane drauf, einem kleinen Obstmesser, der Mann verschwindet, darauf tritt ein etwa siebzehnjähriges Mädchen ein, elegant, langes Haar bis auf die Schultern, die Köchin gibt ihr ein Glas Sherry, jedesmal tut die Köchin, als wüßte sie, was sie dem einzelnen zu geben hat, ob Kaffee oder Obst oder Sherry et cetera, an die Tür wird geklopft, ein alter Mann, der wie Toscanini ausschaut, steht in der Tür, die Köchin sagt zu den Mädchen etwas, ein Mädchen geht zur Kredenz und schneidet zwei Scheiben Weißbrot mit einem Weißbrotschneider ab, legt die Weißbrote auf einen Teller mit Messer und gibt den Teller dem alten Mann, der verneigt sich, schaut jetzt noch mehr aus wie Toscanini, verschwindet, plötzlich sind zwei kleine Mädchen in der Küche (vier- bis sechsjährig) in Matrosenanzügen, die Köchin gibt ihnen ein Tablett mit einer größeren Medikamentenschachtel darauf, neben der Medikamentenschachtel ein breites feststehendes Fläschchen mit der Aufschrift Neotizide und sagt: *aufpassn!* zu den Kindern, während sie den Zeigefinger hebt und sich zu den Kindern hinunterbeugt, die Mädchen stehen nebeneinander, gehen dann nebeneinander wie zwei Puppen mit dem Tablett aus der Küche hinaus, die Mädchen I, II, III im Hintergrund am Fenster lachen über die beiden kleinen Mädchen, die mit dem Tablett hinausgehen, die Köchin schaut auf die Uhr und sagt: *hoibadrei!* und gießt dann heißen Kaffee aus einer großen Metallkanne in eine kleine weiße Porzellankanne auf einem Tablett für eine einzige Person, auf dem Tablett ist eine große Stoffserviette mit der eingestickten Aufschrift Vera. Ein Mädchen (I) nimmt das Tablett, die Köchin schaut auf die Uhr und sagt: *hoibadrei*, das Mädchen I geht mit dem Tablett aus der Küche hinaus, die Mädchen II, III kichern im Hintergrund, das Mädchen I aus der Küche hinaus, die Tür fällt krachend zu, die Köchin schaut wütend auf die Tür, die Mädchen II und III lachen im Hintergrund. Jetzt geht die Tür auf und der alte Mann, der wie Toscanini ausschaut, kommt herein, bleibt in der Tür stehen und sagt: *einen Löffel bitte!* und die Köchin gibt ihm einen kleinen Mokkalöffel. *Danke!* sagt der Mann, der wie Toscanini ausschaut, wie er danke sagt, weiß man, er ist Italiener. Er verschwindet. Die Kamera zeigt jetzt den Salon, langen, nur zum Teil abgeräumten Mittagstisch, an seinem Ende sitzt die Schwester, starr, hoch aufgerichtet, allein. Hinter ihr geht die Tür auf, Mädchen I tritt mit dem Tablett ein, ohne daß die Schwester sich umdreht, sie nimmt von dem Mädchen keinerlei Notiz, das Mädchen stellt das Tablett vor der Schwester ab, die Schwester schenkt sich ein, das Mädchen bleibt hinter der Schwester stehen, die Schwester rührt in der Schale mit einem kleinen Silbermokkalöffel um, als ob sie es zu sich sagte, aber doch gleichzeitig als Befehl zu dem hinter ihr stehenden Mädchen: *er muß höher liegen! Viel höher!* Dreht sich nach dem Mädchen um: *noch einen Polster! Noch einen Polster! Sofort!* Das Mädchen geht hinaus, die Schwester rührt in ihrem Kaffee um und sagt, ist das Mädchen draußen, zu sich: *höher! Er muß höher liegen! Er muß ganz hoch liegen!* Dann trinkt sie in einem Zug den Kaffee aus, läßt alles auf dem Tisch liegen, der ganze vom Mittagessen schmutzige Tisch mit Dutzenden von zusammengeknüllten Servietten et cetera wird gezeigt, und geht hinaus. Kamera vier Sekunden auf der verschlossenen Tür. Die Tür geht auf, der Hausbursch kommt herein. In seinem schmutzigen Arbeitsgewand, total verschmutzten Stiefeln, verschmiertem Gesicht, es ist deutlich: der Bursch hat hier im Speisezimmer überhaupt nichts zu suchen, tritt an den Tisch und schenkt sich, sich zuerst noch vergewissernd, ob er unbeobachtet und also allein ist, eine Schale Kaffee ein, trinkt die Schale in einem Zug aus und verschwindet wieder durch die Tür. Die Reaktionen des Burschen sind blitzartig, ruckartig, heimlich. Kamera noch zwei Sekunden auf der verschlossenen Tür. Kamera jetzt am Parktor. Der Bürgermeister kommt in den Park herein, geht auf das Portal zu, man sieht am Glashaus mehrere schwarzgekleidete Herren in einem Gespräch stehen, beachten den Bürgermeister nicht, der auf das Portal, zuerst aber auf den Landvermesser (am Stativ rechts) zugeht. Jetzt nur mehr zwei Stative im Park, das Stativ auf dem Dach sieht man. Der Bürgermeister geht zum Landvermesser und begrüßt ihn mit Handschlag und schaut mit dem Landvermesser in die Runde, auch auf das Stativ auf dem Dach, wobei die beiden wie in gemeinsamem Einverständnis nicken. Das heißt, während des Blicks auf das Stativ auf dem Dach: gut, daß auch auf dem Dach ein Stativ ist. Bürgermeister und Landvermesser kennen sich seit vielen Jahren, das sieht man, wie sich Schulfreunde begrüßen, wiedersehen. Der Bürgermeister ist schwarzgekleidet und hat einen schwarzen Hut in der Hand, eine Art Halbzylinder. Der Landvermesser sagt zum Bürgermeister, unterstreicht das mit Handbewegungen, die Schwester, die der Bürgermeister offensichtlich aufsuchen wolle, sei im Glashaus, nicht im Herrenhaus, man versteht aber kein Wort von dem, was der Landvermesser sagt, man kann überhaupt nichts hören, oder doch etwas vollkommen Unverständliches, aber sehr laut, künstlich laut. Der Landvermesser zeigt auf das Stativ auf dem Dach. Landvermesser und Bürgermeister nicken daraufhin einverständlich. Alle Fenster und Türen an der Fassade sind geschlossen, geöffnet ist aber die Salontür (Speisezimmertür im ersten Stock). In ihr erscheint die Schwester, der Bürgermeister schaut hinauf, verbeugt sich grüßend, die Schwester hebt die Hand, als wolle sie sofort herunterkommen, dreht sich um, geht in den Salon hinein, der Bürgermeister wundert sich, denn der Landvermesser hat ihm zuerst bedeutet, die Schwester sei im Glashaus, nicht im Herrenhaus, die beiden lachen ganz kurz, ersticken aber sofort ihr Lachen noch im Ansatz, der Bürgermeister geht zum Portal, kaum ist er dort, ist auch die Schwester (von innen heraus) im Portal. Die beiden gehen zum Glashaus. Kamera am Kopfende des Katafalks. Bürgermeister und Schwester treten ins Glashaus ein. Jetzt ist der Leichnam schon vollkommen aufgebahrt, wie er nach den Vorstellungen der Schwester des Toten aufgebahrt sein soll. Die beiden ganz an den Leichnam heran und bleiben vor dem

Leichnam stehen. Kaum stehn sie am Leichnam, Bürgermeister mit gesenktem Kopf, Hut vor sich in den Händen et cetera, Trauerpose, die Schwester, wie in großer Befriedigung über die perfekte Aufbahrung mit hoch erhobenem Kopf. Vom Wirtshaus Zur schönen Aussicht herauf setzt der Trauermarsch ein. Abbrechen der Musik nach vier Sekunden. Kamera am Portal. Der Bürgermeister wird am Glashaus, eine größere Gruppe Herren daneben, die in ein Gespräch vertieft sind, verabschiedet, der Bürgermeister geht auf das Parktor zu, die Schwester zum Portal zurück, die Herrengruppe dreht sich zuerst nach dem weggehenden Bürgermeister, dann nach der weggehenden Schwester um und rückt wieder zusammen. Der Landvermesser nimmt das einzige Stativ im Park und klappt es zusammen und geht damit in den Wald rechts, verschwindet. Stativ auf dem Dach mit dem Landvermesser, der durchs Objektiv auf die Herrengruppe am Glashaus schaut, die sich vergrößert hat, zwischen Glashaus und Wirtschaftsgebäude jetzt etwa ein Dutzend Autos. Durchs Parktor Einfahrt eines Bentleys mit Chauffeur, ein ENGLÄNDER im Fond, langsamst fährt der Bentley zum Portal, am Portal vor. Im Portal ist die Schwester stehengeblieben, hat sich umgedreht, den anfahrenden Bentley beobachtet, macht eine Bewegung, als wolle sie mit den Händen ihre Kleidung kontrollieren, richtet sich hoch auf, steht, als stünde sie schon lange Zeit in Erwartung des Engländers am Portal. Der Wagen hat eine englische Nummer. Der Chauffeur heraus aus dem Wagen, öffnet den Fond, aussteigt ein mittelgroßer, schlanker, dunkelhaariger Fünfziger, der sofort auf die Schwester zugeht, die beiden umarmen sich in Andeutung kurz, bleiben einen Augenblick so und gehen hinein. Der Chauffeur mit zwei größeren, aber doch leichteren Gepäckstücken, die er aus dem Wagen genommen hat, hinterher, sofort wieder ohne Gepäckstücke aus dem Portal heraus, setzt sich in den Wagen und fährt den Wagen am Glashaus und an der Herrengruppe, die keine Notiz von ihm nimmt, vorbei zum Wirtschaftsgebäude, wo er neben mindestens fünfzehn schon dort stehenden Wagen parkt (am Glashaus). Durch die Vielzahl der Wagen, die jetzt plötzlich zwischen Glashaus und Wirtschaftsgebäude sichtbar sind, hat man auf einmal den Eindruck, daß schon sehr viele Trauergäste angekommen sind. Daß sich die gerade abgespielte Szene, Ankommen eines Wagens, Ankommen von Trauergästen, schon Dutzende Male wiederholt hat während der letzten beiden Stunden. Jetzt geht der Fleischhauergehilfe mit einem prallgefüllten Zöger durchs Parktor, die Herrengruppe beobachtet ihn kurz, schließt sich wieder zusammen, auf das Portal zu, die Portaltür ist offen, der Fleischhauergehilfe geht hinein. Die Kamera, die den Fleischhauergehilfen vom Parktor aus von hinten gezeigt hat, zeigt unmittelbar darauf den Bäckergehilfen, der mit einem weißen Brotsack auf dem Rücken zum Portal geht, wieder dreht sich die Herrengruppe am Glashaus nach dem Bäckergehilfen um, wendet sich dann wieder ab, unmittelbar darauf tritt der Briefträger mit neuer Beileidspost, wieder Rucksack, Tasche, Briefstoß, in den Park und geht auf das Portal zu und ins Herrenhaus hinein. Vier oder fünf Sekunden das Portal als finsteres Loch, dann treten heraus: Fleischhauergehilfe, Bäckergehilfe, Briefträger, schließlich sechs oder sieben Handwerker in Schlosseranzügen und mit Werkzeugtaschen auf den Schultern, die Herrengruppe schaut ihnen nach, wie sie durchs Parktor gehn. Gleich darauf Kamera wieder auf das Portal, aus welchem laut lachend die Ministranten stürzen, durch den Park, die Herrengruppe blickt verurteilend auf sie, Ministranten durchs Parktor, die beiden Ministranten waren mit geöffneten und halbabgebissenen Bananen in ihren Händen aus dem Portal gelaufen, halb schreiend, halb lachend. Die Kamera verfolgt die beiden jetzt von hinten, wie sie die Straße zum Wirtshaus Zur schönen Aussicht hinunterlaufen. Saal im Wirtshaus Zur schönen Aussicht. Alle Instrumente auf dem Boden, ausgetrunkene Biergläser auf den Sesseln, ein einziger Bläser bläst etwas aus dem Marsch, setzt an, bricht ab, setzt an, bricht ab. Ein zweiter kommt herein, setzt sich, macht einen tiefen Schluck aus einem Bierglas. Auch der bläst drei, vier Sekunden ein Stück aus seinem Part. Dann blasen die beiden zusammen fünf Sekunden, jeder für sich seinen Part, brechen ab. Der Kapellmeister kommt herein. Die ganze Kapelle kommt hinter dem Kapellmeister herein. Die Kamera zeigt vom Kopfende des Katafalks die Glashaustür, während die Kapelle angefangen hat, den Marsch zu spielen, so ruhig und präzise wie noch nie, acht Kerzen auf acht Leuchtern brennen jetzt. Kamera vom Glashauseingang direkt auf die Leiche, im Hintergrund noch verschwommen, beinahe gänzlich verfinstert, die Dekoration, jetzt Kamera wieder vom Kopfende des Katafalks auf die Schwester, rechts neben ihr der Herr aus dem Bentley, dahinter die Herren, die sich vorher am Glashaus unterhalten haben, alle unbeweglich, vom Wirtshaus Zur schönen Aussicht herauf der Marsch ganz ruhig, plötzlich fällt ein Schuß, keinerlei Reaktion darauf. Acht Sekunden Kamera auf die Trauergruppe, der Marsch bricht ab. Kamera auf das Portal, vor dem Portal steht ein Jaguar, letztes Baujahr, ZWEI HERREN, in langen auf Taille geschnittenen Mänteln aus beigem Segeltuch, sind ausgestiegen, ein Chauffeur steigt gerade wieder in den Wagen, startet, fährt den Wagen am Glashaus vorbei zum Wirtschaftsgebäude und stellt ihn neben dem Bentley ab. Die Herren aus dem Jaguar bleiben im Portal stehen und schauen Richtung Glashaus auf die Herrengruppe. Kamera zeigt das ganze Vorhaus von innen ins Freie, die Herren im Portal, in der Ferne im Park alle aus dem Glashaus und *noch mehr*, deutlich erkennbar, die Schwester und der Herr aus dem Bentley, die Herren aus dem Jaguar kommen bis zum Treppenaufgang (Kamera hinter dem Treppenaufgang aufs Portal gerichtet) und gehen die Treppe hinauf, von oben herunter plötzlich einsetzendes Gemurmel von Dutzenden von Menschen, schließlich wie eine unverständliche Unterhaltung von Hunderten von Menschen, wie von einer Cocktailparty, dieses Gemurmel setzt in dem Augenblick vehement ein, in welchem die beiden Herren aus dem Jaguar am Treppenaufgang verschwunden sind, die Kamera bleibt aber auf das Portal gerichtet, mit dem Ausblick auf die Menschengruppe draußen, die sich auf einmal sehr rasch auf das Portal zubewegt, alle im Park Stehenden, und man hat jetzt den Eindruck, es sind an die hundert in dunklen Kleidern, kommen auf das Portal zu, jetzt deutlicher als jemals: nur Geräusche, sonst nichts, einerseits das Gemurmel vom Oberstock den Treppenaufgang herunter, andererseits auf einmal zunehmend die Unterhaltung der auf das Portal Zugehenden von draußen herein, die auf das Portal Zukommenden immer schneller, schließlich hastig auf das Portal zugehend, die Schwester voran, sind die ersten, die erste ist die Schwester, am Portal, wie wenn über die ganze Treppe links jemand kopfüber herunterstürzte und tatsächlich sieht man plötzlich, der Mann, der wie Toscanini ausschaut, stürzt die Treppe herunter und bleibt vor der Kamera liegen, die Schwester, dahinter die Menschengruppe sofort zu dem auf dem Boden Liegenden, die Schwester hebt den Kopf des Mannes, der wie Toscanini ausschaut, auf, schaut in die sie neugierig Umdrängenden (Kamera von unten), sie ruft: *Fanny! Fanny!* Mädchen I kommt, die Gruppe läßt sie durch, die Schwester sagt: *Umgotteswillen!*, in die plötzliche Stille hinein sagt sie plötzlich *Umgotteswillen!* und dann, nach etwa drei Sekunden Stille: *in sein Zimmer*, *er muß in sein Zimmer!* Die Menge tritt zurück, Schwester und Mädchen I tragen den Mann, der wie Toscanini ausschaut, die Treppe hinauf, von oben plötzlich einsetzendes sehr lautes Gemurmel wie eine Mauer, Kamera auf die Menschenmenge am Treppenaufgang, die hinaufschaut, sieht, was zu sehen ist: ein sterbender alter Mann. Das zeigt aber die Kamera nicht. Die Kamera bleibt am Treppenaufgang, die Menschenmenge tritt zurück und drängt plötzlich, wie zuerst *herein*, nun durchs Portal *hinaus* in den Park und verteilt sich draußen, die Leute gehen sehr rasch gegen das Glashaus und gegen das Wirtschaftsgebäude und gegen das Parktor über den Rasen, als gäbe es keine Kieswege, auseinander. Kamera zurück, zeigt die Stelle, auf welcher zuerst der Mann, der wie Toscanini ausschaut, gelegen ist, man meint, eine Blutlache oder wenigstens die Konturen einer Blutlache auf der Stelle zu sehen, sieht aber in Wirklichkeit nichts. Kamera aufs Portal, draußen alles vollkommen leer, leerer Park, von rechts nach links schleppt der Landvermesser sehr rasch, er läuft damit vorbei, ein Stativ. Zwei Herren im Portal, von links gekommen, schauen in Richtung Italienerfenster hinauf, Kamera am Treppenaufgang postiert. Der eine sagt, während er zum Italienerfenster hinaufschaut: *Gut, daß er weggegangen ist.* Der andere: *Unerhört! Die ganze Nacht und den ganzen Vormittag hat er diese unerträgliche Musik gespielt. Seit Jahren spielt dieser Mensch diese Schallplatten. Wo er hinkommt, bringt er diese unerträgliche Musik mit und macht seine Umgebung verrückt.* Darauf der Angesprochene: *Ein Narr! Steinreich und ein Narr.* Der eine: *Wie alt ist der Italiener eigentlich?* Der andere: *Vierzig.* Der eine: *Er besitzt die halbe Toscana.* Der andere: *Und eigentlich ist er Schwachstromtechniker. Ja, Schwachstromtechniker. Seine Mutter ist in einem brennenden Theater in Padua umgekommen, während einer Vorstellung der Aida. Er ist in Goethe vernarrt, überhaupt in die deutsche Literatur. Und dann, plötzlich nur noch Béla Bartók. Béla Bartók. Nichts als Béla Bartók. Verstehen Sie das?* Kamera Treppenaufgang hinauf, auf der vierten oder fünften Stufe stehen die beiden Herren, es hat den Anschein, sie können nicht hinauf, von oben das Gemurmel, so unterhalten sie sich am Treppenaufgang. Der eine: *Diese Menschen. Diese vielen Menschen auf den Begräbnissen. Jemand stirbt und man sieht auf einmal so viele Menschen ... diese fürchterliche Musik. Wissen Sie, daß der Italiener die drei größten Landwirtschaften der Toscana besitzt, zu schweigen von den Carrarasteinbrüchen. Von den Carrarasteinbrüchen ganz zu schweigen. Brauereien. Zement. Gummi*, sagt er. *Er haßt das Fliegen. Es ist unglaublich, vierzehn Stunden in der Eisenbahn, Sie kennen das ja, man ist müde und kann nicht einschlafen, man hört alles, alles hört man, auf allen Stationen hört man alles. Mestre, Tarvisio, Böckstein, Badgastein, Salzburg, Attnang-Puchheim. Schrecklich. Er haßt aber auch längere Auto-*

*fahrten ... Mir geht diese Art von Musik auf die Nerven. Wenn man sie ununterbrochen, wenn man gar nicht dazu gezwungen ist und diese Musik ununterbrochen hören muß. Aber Gottseidank ist morgen das Begräbnis und dann ist alles zuende.* Die Szene ist ganz verraucht, der Rauch kommt von oben herunter, so stark ist er. *Dieser Rauch*, sagt der eine. Der andere hustet, sagt dann: *Der Spanier ist ein Waffennarr. Der eine ist ein Musiknarr, der andere ein Waffennarr.* Der eine sagt: *Verrückt.* Dann: *Sie können von Glück reden, daß Sie Ihr Zimmer nicht neben dem Zimmer dieses Verrückten haben. Aber es hat keinen Sinn, sich zu beschweren. Am besten, man lüftet nur kurz und läßt das Fenster zu. Wohnen Sie hier im Haus oder wohnen Sie im Dorf unten?* Antwort: *Ich wohne im Wirtshaus Zur schönen Aussicht.* Der andere: *Da wohne ich auch.* Der eine: *Die erste Kategorie wohnt hier, die zweite wohnt im Wirtshaus Zur schönen Aussicht. Ich gehöre absolut zur zweiten Kategorie.* Der andere: *Immerhin, es gibt auch noch eine dritte Kategorie: die wohnt in den restlichen Wirtshäusern.* Der eine: *Ist es in Ihrem Zimmer warm? Ich friere. Ich muß ununterbrochen auf und ab gehen, damit ich nicht erfriere.* Der andere: *Schwach geheizt, zu schwach geheizt. Eine sehr kalte Gegend. Hier ist immer Wind. Hier ist es immer kalt. Wenn man plötzlich in diese kalte, windige Gegend kommt, friert man. Die Leute gehen auf Begräbnisse, damit sie sich verkühlen und krank werden und sterben und so weiter.* Kamera auf das Portal, die beiden am Portal. Der eine: *Glauben Sie an Selbstmord? Daß er sich absichtlich erschossen hat? Man spricht davon, daß er sich absichtlich erschossen hat. Es sei gar kein Unglücksfall gewesen.* Der andere zuckt die Achseln. Der eine: *Man spricht davon, daß er sich absichtlich erschossen hat.* An ihnen vorbei, durch das Portal hereingekommen, die beiden Herren schauen ihnen nach, ZWEI DAMEN (ewa vierzig Jahre alt), zum Treppenaufgang gehend, stehenbleibend. Die eine: *Es schmeckt nach nichts, es schmeckt absolut nach nichts.* Die andere: *Dann sind wir über Toulon nach Rom und von Rom zurück nach Avignon.* Beide lachen kurz. Die eine: *Heute wäre Premiere gewesen. Eine Komödie. Wie immer, eine Komödie. Lustspiele. Angeblich keinerlei Anzeichen. Auf einmal der Schuß. Er soll sich das*

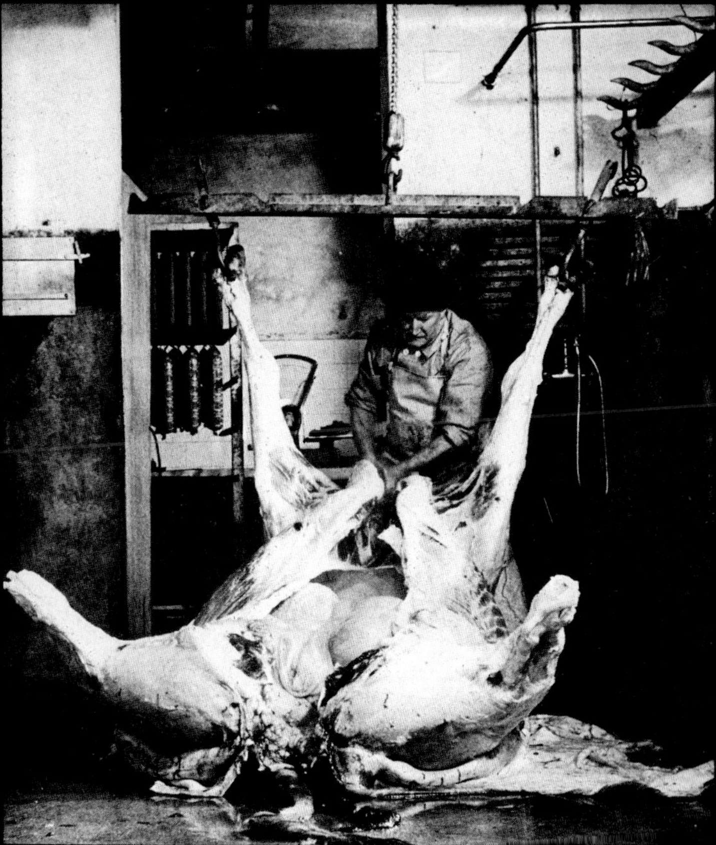

Deine Eltern sollst du nie vergessen,
Sie haben dich so lieb gehabt,
Sie lernten dir die Hände falten,
Sie sprachen dir vor dein erst's Gebet.

*ganze Stück angeschaut haben und aus dem Glashaus gegangen sein und sich im Park erschossen haben.* Die andere: *Nein, in seinem Zimmer. Im Glashaus hörten sie nur den Schuß. Er soll sofort tot gewesen sein. Und er hat verlangt, daß er im Glashaus aufgebahrt wird.* Schaut, ob sie niemand sieht, dann: *Und kein Testament. Kein Testament, verstehst du, kein Testament. Natürliche Erbfolge, verstehst du.* Gehen die Treppe hinauf. Kamera auf die Herren am Portal. Der eine: *Offen gesagt, sind mir Begräbnisse zuwider, die Faszination ja, aber Begräbnisse sind mir zuwider.* Gehen plötzlich auf die Kamera zu, die Treppe hinauf. Einstellung Portal. Ein Lancia, ein JUNGES ITALIENISCHES EHEPAAR steigt aus, geht durchs Portal, während der Wagen draußen vor dem Portal stehenbleibt, die zwei gehen wortlos die Treppe hinauf. ZWEI GROSSE SCHWARZGEKLEIDETE HERREN kommen herein, lange Mäntel, auf Taille geschnitten, gehen bis zum Treppenaufgang, bleiben stehen. Der eine: *Selbstverständlich.* Der andere: *Wie heißt das Gasthaus?* Der eine: *Zur schönen Aussicht.* Beide lachen kurz, gehen die Treppe hinauf. Kamera auf und durch das Portal, der Lancia ist weg. Die Fanny kommt mit einem vollen Wäschekorb beim Portal herein und geht an der Kamera vorbei in die Küche, hinter ihr kommt der Hausbursch durchs Portal, Segeltucharbeitskappe auf dem Kopf, er hat drei tote Hühner an einer Schnur in der Hand, der Fanny nach. Dann kommen die beiden Leichenbestatter durchs Portal. Sie tragen, der eine behutsam eine weiße große Schachtel, der andere ein großes Blumenbukett mit einer Seidenschleife von oben bis unten, deren Aufschrift unleserlich ist, schauen Richtung Küche und gehen dann die Treppe hinauf. Aus der Küche kommend, der Hausbursch an der Kamera vorbei durchs Portal in den Park, ist er durchs Portal, läuft er. Kamera auf das Portal vom Park aus. Die Leichenbestatter mit Schachtel und Bukett am Portal links. Die Schwester nimmt den Deckel von der Schachtel ab und schaut hinein, die Kamera zeigt nicht, was in der Schachtel ist, die Schachtel wird von dem Leichenbestatter, der sie trägt, wieder zugemacht, die Schwester schüttelt den Kopf, als wolle sie sagen, nein, das in der Schachtel will ich nicht haben, sie nimmt dem zweiten Leichenbestatter das Bukett ab, die Leichenbestatter machen eine Verbeugung und gehen Richtung Parktor, Kamera auf sie, rechts außen die meisten Trauergäste, den Leichenbestattern nachschauend. Kamera auf das Portal, die Schwester geht mit dem Bukett hinein. ZWEI HERREN am Treppenaufgang. Der eine: *Es ist unglaublich.* Der andere: *Man kann kaum atmen.* Gehen durchs Portal hinaus. Von draußen herein ZWEI ANDERE HERREN, bleiben am Treppenaufgang stehen. Der eine: *Diese riesigen Verluste.* Der andere: *Man muß sich in acht nehmen. Verstehen Sie, man muß sich in acht nehmen.* Über die Treppe hinauf. Kamera durchs Portal hinaus in den Park, der jetzt plötzlich, vom Glashaus her schon zur Hälfte, mit Autos angefüllt ist, vor den Autos die Menschen. Die Lokomotive pfeift während die Kamera durchs Parktor direkt auf die vor den Autos versammelten Menschen zeigt. Durchs Parktor kommen mindestens fünf JÄGER und gehen, zwischen den Autos, von den im Park Stehenden beobachtet, zum Glashaus. Eine Stimme sagt: *die Jäger!* Man sieht aber nicht, wer das gesagt hat, es hört sich an, als hätte *die Jäger* jemand unmittelbar an der Kamera gesagt. Kamera am Kopfende des Katafalks. Die Jäger treten ins Glashaus ein. Während diese Jäger ins Glashaus eintreten und vor dem Katafalk Aufstellung nehmen, das Geräusch der Caravelle von Westen nach Osten, Wolfsegg überquerend. Sonst keinerlei Geräusch. Absolute Stille sonst. Die Jäger nehmen ihre Hüte ab, stellen sich vor dem Katafalk auf, bleiben so, bis das Caravellegeräusch verstummt ist und gehen wieder aus dem Glashaus hinaus. Die Kamera zeigt die aus dem Glashaus herauskommenden Jäger, ihre Gesichter in Großaufnahme. Kamera auf das Parktor. Der Italiener und der Sohn kommen herein, vom Spaziergang zurück, man hört ihre Unterhaltung, versteht aber kein Wort, schließlich hört man den Satz: *die Landvermesser vermessen alles, alles vermessen die Landvermesser*, vom Sohn gesprochen. Dann in der Unterhaltung auf einmal die Wörter

*Mazzini*, *Serrati*, *Campanella*, dann das Wort *Modigliani*, bei dem Wort Modigliani (vom Italiener gesprochen) drehen sich die im Park Stehenden nach den beiden in den Park eingetretenen um. Der Sohn sagt ganz laut das Wort *Opportunismus*. Der Italiener die Wörter *unberechenbar* und *Katastrophe* unter einer Reihe anderer unverständlicher Wörter, dann sagt er das Wort Katastrophe sehr langsam, jede Silbe für sich, die beiden bleiben stehen und schauen zu Boden und der Italiener sagt nachdenklich: *Ka-ta-stro-phe*. Die Personen im Park wenden sich von den beiden ab. Die beiden stehen jetzt am Rand der Autos, die schon mehr als den halben Park anfüllen. Jetzt werden die Jäger gezeigt, die aus dem Glashaus herauskommen, wie sie den Sohn und neuen Herren also in der Unterhaltung mit dem Italiener bemerken, grüßen sie, sie machen eine kurze Verbeugung, ziehen die Hüte, setzen die Hüte wieder auf, der Sohn grüßt zurück, ganz kurz, Italiener und Sohn rechts, Jäger links, vom Glashaus kommend, haben ohne stehenzubleiben, gegrüßt. Italiener und Sohn gehen zum Portal, Jäger zum Parktor, auf die Kamera zu, ab. Aus dem Wirtschaftsgebäude kommt die alte Dame in Schwarz am Stock mit dem Spanier am Arm. Man hört von dem Spanier einen spanischen Satz, im Grunde nichts anderes als *sin novedad en el frente*, den man aber nicht versteht. Die Dame bleibt stehen und lacht laut auf, bricht das Lachen aber gleich wieder ab. Die beiden bleiben mitten in den vielen Autos stehen, die Autos stehen jetzt auf dem ganzen Platz zwischen Wirtschaftsgebäude, Glashaus, halbem Park. Der Spanier küßt der Dame die Hand. Man hört von ihr: *Señor!* dann geht die Dame ins Wirtschaftsgebäude zurück, der Spanier zu den Personen im Park. Kamera auf das Portal, durch das Italiener und Sohn hineingehen. Hinter den beiden geht der Spanier hinein, aber erst, als man die zuerst hineingegangenen nicht mehr sieht. Die Kamera bleibt auf dem Portal, Marsch vom Wirtshaus Zur schönen Aussicht herauf einsetzend, der Hausbursch steht plötzlich im Portal, bleibt im Portal stehen und bohrt in der Nase. Jetzt ganz leise aus dem Italienerzimmer Bartókquartett (III), Kamera auf das Italienerfenster, das aufgemacht wird, die Musik plötzlich laut, Marschmusik und Quartettmusik gleichzeitig sehr laut, Kamera auf die Personen im Park, die zum Italienerfenster hinaufschauen. Der Hausbursch verschwindet wieder im Herrenhaus. Kamera am Kriegerdenkmal postiert. Fast der ganze Dorfplatz ist voller Autos, zwischen den Autos, von der Mariensäule (aus Richtung Gaspoltshofen herauf) wird von ZWEI MÄNNERN in Arbeitskleidung (Schlosseranzug, Segeltucharbeitskappen auf dem Kopf) ein Holzkarren mit hohen Rädern gezogen, auf dem ein Haufen Kränze liegt, viele Kranzschleifen mit Aufschriften, die unleserlich sind, erkennbar. Der Karren wird von den beiden bis in die Dorfplatzmitte geschoben. Die Männer lehnen sich an den Karren, um auszurasten. Aus den Häusern kommen sehr alte GREISENHAFTE FRAUEN und MÄNNER, wie aus dem Altersheim und gehen zu dem Karren hin und betasten Schleifen und Kränze, als handelte es sich um unglaubliche Kostbarkeiten. Die Männer beobachten die alten Leute. Diese Szene mindestens fünfundzwanzig Sekunden. Die Männer schieben den Karren weiter, Richtung Kriegerdenkmal, am Kriegerdenkmal vorbei, in diesem Augenblick kommt ein großer Lastwagen, der mit Kränzen *beladen* ist, wie mit Hunderten von Kränzen beladen, aus Richtung Gaspoltshofen hinter der Mariensäule herauf Richtung Kriegerdenkmal, der Lastwagen überquert den ganzen Dorfplatz, an der Kamera vorbei, verhältnismäßig rasch. Kamera am Parktor oben auf eine größere Abordnung des KRIEGERVEREINS mit schwarzen Fahnen herauf zum Herrenhaus unterwegs, die Abordnung in Zivil, gewöhnlichen Wochentagskleidern. Kamera auf den Landvermesser auf dem Dach, der dann durch sein Objektiv auf den Park *herunter*schaut, der jetzt schon weit über die Hälfte mit Autos angefüllt ist, sehr viele, aber wenigstens achtzig Menschen dunkel gekleidet daneben. Durch das Objektiv des Landvermessers horizontal auf mehrere Stative in der Landschaft, durch deren Objektive Landvermesser auf das Herrenhaus schauen, die Kamera zeigt den Landvermesser auf dem Herrenhaus, wie er einen horizontalen Kreis schließt. Man hat den Eindruck, überall im Land sind Landvermesser an der Arbeit. Aus dem Wald hinter dem Wirtschaftsgebäude treten die Ministranten mit einem schwarzen HIMMEL, auf den eine neunzackige Silberkrone gestickt ist, heraus, gehen mit dem HIMMEL wie in einer Prozession, wie in einer Fronleichnamsprozession, Kamera vom Wald auf die beiden vor dem Wirtschaftsgebäude (Rückseite). Ein Schuß fällt, aber die beiden Ministranten reagieren nicht darauf. Als ob sie den Schuß nicht gehört hätten. Sie begegnen fünfzehn oder zwanzig Schritte vor dem Wirtschaftsgebäude der alten Dame am Stock, wie die Ministranten an ihr vorbei sind, dreht sich die alte Dame nach ihnen um und geht dann in den Wald. Kamera am Kopfende des Katafalks. Die Schwester allein mit ihrem toten Bruder. Hoch aufgerichtet beobachtet sie den Leichnam. Es sind jetzt vierzehn Kerzenleuchter, sieben rechts, sieben links, am Katafalk aufgestellt, alle brennen. Die Schwester hat ihre Hände am Fußende des Katafalks aufgestützt. Die Fanny kommt ins Glashaus herein mit dem Ordenspolster, die Schwester stellt ein Tischchen, das am Podium gestanden war, vor den Katafalk und legt den Ordenspolster darauf. Jetzt zieht die Schwester ein weißes besticktes Seidentaschentuch aus ihrer Weste und steckt es in die Brusttasche des Steyreranzugs des Toten. Sofort sieht sie, das Taschentuch paßt nicht in die Brusttasche des Steyreranzugs hinein und sie zieht das Taschentuch wieder heraus. Plötzlich dreht sie sich um und geht hinaus, die Fanny hinter ihr her. Die Kamera zeigt vom Portal aus, wie die Schwester auf das Portal zugeht, hinter ihr im Park eine Unzahl Menschen, schon nähergerückt, die Schwester geht rasch durch das Portal. Kamera durch das Portal auf einen ankommenden Rolls Royce mit Chauffeur, ENGLISCHES EHEPAAR, elegant aber leger gekleidet, steigt aus, durch das Portal die Schwester zu den Neuangekommenen, sie umarmen sich, die Dame hat ein großes Bukett mitgebracht, das der Chauffeur gehalten hat, jetzt gibt der Chauffeur der Dame das Bukett, die Dame gibt das Bukett der Schwester, nochmalige Umarmung, man versteht nicht, *was* gesprochen wird, ein paar englische Wörter, aber nicht, was für Wörter, jetzt Kamera vom Park auf das Portal, das plötzlich breit ausgeschlagen ist mit schwarzem Samt. Vom Balkon hängt ein mindestens ein Meter breites Samttuch zwei Meter über dem Portal herunter. Die Neuangekommenen stehen im Portal, als der Rolls Royce weggefahren ist, er macht die Runde am Glashaus vorbei, am Wirtschaftsgebäude vorbei hinaus durch das Parktor, draußen stehen auch schon zwei Dutzend Autos, der Chauffeur parkt den Wagen am Rand dieser Autos vor dem Wald. BUBEN staunen, getrauen sich aber nicht an den Rolls Royce. Der Chauffeur steigt aus. Kamera auf das schwarz ausgeschlagene Portal. Das englische Ehepaar mit der Schwester hinein ins Herrenhaus. Kamera auf die Buben hinter dem Wirtschaftsgebäude, die sich jetzt an den Rolls Royce herantrauen, aus dem Stall neben dem Rolls Royce Schweinegrunzen, Aufbrüllen mehrerer Schweine. Kamera zwischen Küche und Treppenaufgang auf das Portal gerichtet. Das englische Ehepaar mit der Schwester ins Vorhaus. Der Hausbursch kommt aus der Küche, an ihnen vorbei mit einem leeren Fleischzöger. Schwester und englisches Ehepaar unterhalten sich am Treppenaufgang, aber man versteht kein Wort, plötzlich nur den einen Satz der jungen Ehefrau: *Der arme Georg.* Die Schwester führt die beiden die Treppe hinauf. Jetzt zeigt die Kamera vom ersten Stock aus die Treppe im Halbstock, wo das Ehepaar und die Schwester stehengeblieben sind in Unterhaltung, die Frau sagt: *Der arme Georg.* Dann Kamera auf die Trauergäste im Park, die sämtliche auf das Herrenhaus schauen. Kamera dann von den Trauergästen im Park auf die Fassade, offenes Fenster des Italieners, daraus plötzlich laut die Quartettmusik. Kamera im Park hinter den Trauergästen auf die Fassade, wie eine undurchdringliche Mauer die Trauergäste vor der Fassade. Das Fenster des Spaniers wird geöffnet, wieder zugemacht. Kamera auf das Portal, aus welchem die Ministranten mit dem schwarzen HIMMEL herauskommen und rechts an den Trauergästen vorbei zum Glashaus gehn, die Trauergäste schaun den Ministranten nach. Küche: die Köchin steht am Herd, rührt in einem großen dampfenden Kessel um. Ein riesiges kaltes Nachtmahl steht bereit, große Tabletts mit Tausenden von Sandwiches et cetera, Früchte et cetera. Kaltes Fleisch auf Silbertellern, Haufen von Silberlöffeln. Die Köchin schaut auf die Uhr, sagt: *hoibafümfe.* Wiederholt: *hoibafümfe.* Hausbursch am Tisch, beobachtet die in dem Topf umrührende Köchin, im Hintergrund am Fenster die Mädchen I, II, III. Die Tür geht auf, mehrere Trauergäste, so viel wie möglich, in der Tür, wollen herein, man hört mehrere Male das Wort *Kaffee* spanisch, italienisch, französisch, englisch durcheinander, die Gesichter der hereindrängenden Personen, ihre Kleider, Schuhe, Haare, Ellenbogen, Arme et cetera, einerseits drängen alle diese Leute in die Küche herein, andererseits bleiben sie doch an der Tür, ohne daß sie mit Gewalt zurückgehalten werden, man hat nur den Eindruck, sie drängen herein, in Wirklichkeit sind sie wie gelähmt an der Tür, halten Kaffeetassen herein. Die Köchin mit einem Tablett mit lauter Mokkaschalen und Löffeln zur Tür, teilt alles aus. Sie drängt die Leute hinaus, macht die Küchentür zu. Schaut auf die Uhr: *hoibafümfe*, sagt sie. Zum Burschen: *hoibafümfe.* Im Hintergrund die Mädchen schneiden Brot mit der Brotschneidemaschine, machen Salat an, et cetera. Vom Vorhaus herein plötzlich lautes Gemurmel. Plötzliches Gelächter draußen, die Köchin geht zur Tür, macht die Tür auf, schaut hinaus, macht die Tür wieder zu. Der Hausbursch zieht plötzlich einen toten Hasen, den er unter dem Sessel liegen gehabt hat, zwischen den Beinen herauf, springt auf und schwingt den toten Hasen unter das Gesicht der Köchin und wirft den toten Hasen in einen großen Topf auf dem Herd. Köchin zu ihm: *bleda Kerl!* Der Hausbursch wieder an den Tisch zurück, die Mädchen im Hintergrund kichern, der Hausbursch streckt die Beine lang aus, lümmelt sich auf die Tischplatte, die Köchin nimmt aus einem Topf ein Stück Fleisch heraus mit einer Gabel, legt es auf einen Teller, dazu Brot, stellt ihn dem Burschen auf den Tisch hin. Der Bursch fängt zu essen an, hastig, packt das Fleisch, beißt hinein. Der Fleischhauergehilfe kommt herein, hat einen Zöger voll Fleisch, den Zöger stülpt er auf dem großen Hackstock neben dem Herd um, die Fleischstücke türmen sich auf dem Hackstock. Die Köchin schaut auf die Uhr: *hoibafümfe*, sagt sie. Der Fleischhauergehilfe aus der Küche hinaus, die Mädchen beobachten ihn, wie er hinausgeht. Plötzlich ist der Italiener in der Tür, sagt *caffè?* wiederholt: *bitte caffè!* Die Köchin sagt: *ja, Herr Selvani*, schenkt dem Italiener Kaffee in eine Schale ein, die der Italiener mitgebracht hat. Der Italiener beobachtet, während ihm die Köchin den Kaffee einschenkt, den Burschen, der die Mädchen am Fenster beobachtet. Die Köchin hat ihm eingeschenkt, kurzer Blick der Köchin auf den Burschen, sie sagt gleichzeitig zum Italiener, während sie auf den Burschen schaut also: *der Depp, des Viech. Gut, danke*, der Italiener. Er schaut auf die Uhr, bevor er hinausgeht, sagt: *albfünf*. Er kostet den Kaffee, während er auf den Burschen schaut. Geht hinaus. Durch die offen gebliebene Küchentür, durch die gerade der Italiener hinausgegangen ist, wird jetzt ein undurchdringlicher Menschenhaufen gezeigt, das ganze Vorhaus ist mit Menschen angefüllt. Man hat den Eindruck, alle reden alles durcheinander, man versteht kein Wort. Die Kamera zeigt die Szenerie von der Küchentür über die Köpfe der Menschen weg zum Portal, knapp unter dem Plafond. Als wäre es jetzt im Herrenhaus zum ersticken. Diese Einstellung mindestens sechs Sekunden. Als fliehe die Kamera plötzlich davor, von Menschen und Vorhausdecke erdrückt zu werden durch das Portal hinaus, die Einstellung geht auch nachdem sie durch das Portal ist, über viele Menschen und viele Autos weg auf das Wirtschaftsgebäude. Es ist schon dämmerig, alles wird undeutlich, unwirklich zugleich. Mehrere kurz aufeinander folgende Bilder der Automasse. Jetzt vom Parktor am Glashaus vorbei zu den Bergen. Wirtshaus

Zur schönen Aussicht, Vorderfront mit Bogenfenstern jetzt sehr deutlich in der Dämmerung Aufschrift ZUR SCHÖNEN AUSSICHT. Marschmusik aus dem hellerleuchteten Wirtshaus heraus, es ist ja noch Tag, aber das Wirtshaus ist schon beleuchtet. Kamera blitzartig zurück. Fassade Altersheim. Lauter heruntergelassene Rouleaus, zugezogene Vorhänge. Hinter den zugezogenen Vorhängen Köpfe, Umrisse von Köpfen, halben Gestalten, die Umrisse der Insassen des Altersheims. Pfarrhauseingang. Bäckereieingang. Fleischhauereieingang. Mehrere Häuser werden rasch hintereinander gezeigt, an den Häusern immer der gleiche große Partezettel mit dem unleserlichen Text. Dorfplatz vom Kriegerdenkmal aus. Dorfplatz von der Mariensäule aus. Kriegerdenkmal plötzlich schwarz verhüllt, übergeworfenes schwarzes Tuch. Mariensäule mit übergeworfenem schwarzen Tuch. Einstellung vom Kriegerdenkmal zum Friedhof hinauf. Friedhofsportal. Grabsteine. Über die Mauer läuft der Landvermesser mit dem Stativ unter dem Arm, die Kamera verfolgt ihn, bis er hinter der Mauer verschwindet. Grabsteine. Große Gruft. Grabsteine. Jetzt Bilder mehrerer Grabsteine rasch aufeinanderfolgend wie Photographien, zwei Dutzend sehr schnell. Plötzlich das offene, tief und breit ausgeschaufelte Grab, um das vierzehn oder fünfzehn Schwarzgekleidete herumstehen und hineinschauen. Kamera in das Grab. Direkt am Grab die alte Dame mit dem Spanier, ihr gegenüber der Mann, der wie Toscanini ausschaut. Das englische Ehepaar. Alle von unten, als stünden sie hoch oben auf einem Hügel, die Leute sind dadurch sehr groß gezeigt, zuerst unbeweglich wie auf einem Photo fünf Sekunden, plötzlich gehen alle Personen vom Grab in alle Richtungen weg, überschnell, Einstellung, bis kein Mensch mehr am Grab ist. Jetzt sieht man, daß hinter dem Grab auf der Mauer der Landvermesser mit dem Stativ gestanden ist, er klappt das Stativ zusammen und verschwindet hinter der Mauer. Ein Schuß fällt, ein zweiter Schuß fällt. Tür zum Zimmer des Italieners im zweiten Stock, Gang. Fast gänzlich verfinsterter Gang, aber die Umrisse der Tür zum

Italiener sind klar erkennbar, das Schlüsselloch, durch das man, so der Eindruck, Bartók, Streichquartett III, hört. Die Musik wird laut, die Tür löst sich auf, die Kamera zeigt die Fassadenseite des Zimmers, rechts vom jetzt geschlossenen Fenster ein Empireschreibtisch mit einem Haufen von Briefen, Papieren, Dokumenten, Büchern, Photos et cetera, davor ein Sessel, über dem Schreibtisch ein Wiegendruck von Florenz aus der Schedelschen Weltchronik, links von der Tür Empirefauteuil, sonst nichts, auf dem Boden erkennt man den Plattenspieler, der Plattenspieler wird gezeigt, die Plattenhüllen, die Aufschrift BÉLA BARTÓK STRING QUARTET III et cetera, der Plattenspieler spielt jetzt so leise wie möglich, die Kamera vom Plattenspieler nach rechts über den Boden weg auf das Sofa, auf dem der Italiener liegt, auf dem Rücken, lang ausgestreckt, ganz auf die Musik konzentriert, gleichzeitig Einsetzen des Tonbands mit den Geräuschen von der Reise des Italieners von Florenz nach Wolfsegg, vom Tonband vor allem Ansagen von den Bahnstationen, durch die der Italiener in der vorletzten Nacht gefahren ist, also von *Florenz*, *Bologna*, *Padua*, *Mestre*, *Tarvisio*, *Böckstein*, *Salzburg*, *Attnang-Puchheim* et cetera, *Binario tre* ... et cetera. Kamera auf dem Profil seines Kopfes, zeigt die linke Schläfe des Italieners, der völlig unbeweglich ist. In die *sehr leise* Bartókmusik hinein hört man immer wieder die akustischen Reiseeindrücke, wie auch kurze Stücke wie Stöße aus dem Trauermarsch vom Wirtshaus Zur schönen Aussicht herauf. Immer wieder die stereotypen Zugauskünfte auf den Stationen, immer wieder die Marschbruchstücke, dazu gleichmäßig leise das Quartett III. Der Italiener hat die Augen geschlossen. Als träumte er mit vollem Bewußtsein. Nach dieser Einstellung Kamera auf Zimmertür des Spaniers. Einstellung wie vorher im Zimmer des Italieners auf die Tür an der dem Zimmer gegenüberliegenden Fassadenwand. Rechts neben dem Fenster ein Gewehrkasten, in dem etwa zwei Dutzend Jagdgewehre aufgestellt sind, die rechte Flügeltür des Gewehrkastens ist offen, der Spanier vor dem Gewehrkasten, hantiert an einem Gewehr, legt eine Patrone ein, geht mit dem Gewehr zum Fenster, visiert durch das Fenster Richtung Glashaus einen Punkt an und bleibt in dieser Stellung vier bis fünf Sekunden. Man hat den Eindruck, er drückt jeden Augenblick ab, aber er drückt nicht ab, geht zum Gewehrkasten und stellt das Gewehr hinein, nimmt ein zweites Gewehr heraus, eine Gorosabel-Doppelflinte, geht damit wieder zum Fenster, visiert wieder einen Punkt über dem Glashaus an und bleibt in dieser Stellung vier Sekunden, dann derselbe Vorgang, er senkt das Gewehr, geht zum Gewehrkasten, nimmt dort das Gewehr auseinander, nimmt eine Patrone aus dem Gewehr heraus, das Gewehr, sieht man, ist *entsichert* gewesen, stellt die Gorosabel in den Kasten, nimmt einen Mannlicher-Karabiner heraus und geht damit zum Fenster, schaut durch den Lauf, was man am besten direkt am Fenster tut, legt eine Patrone, die er in der Rocktasche gehabt hat, ein, visiert wieder den Punkt am Glashaus an. Jetzt fällt ein Schuß draußen, der Schuß, der schon mehrere Male während des Films gefallen ist, ohne daß der Spanier abgedrückt hätte, der Spanier tritt ans Fenster, schaut hinaus Richtung Glashaus, sieht nichts. Woher der Schuß? mag der Spanier denken, geht zum Gewehrkasten und stellt den Mannlicher-Karabiner hinein. Kamera auf den Gewehrkasten, zeigt die Gravierungen MANNLICHER und GOROSABEL deutlich, der Spanier nimmt noch einmal die Gorosabel heraus, der Spanier setzt sich auf den Sessel vor dem Gewehrkasten, steht auf und geht zur Tür, schaut durchs Schlüsselloch, als wolle er sich versichern, ob er allein ist, geht zum Fenster, geht rasch vom Fenster zur Tür und sperrt ab, indem er den Schlüssel im Schloß umdreht, noch einmal sich versichert, ob zugesperrt ist, geht zum Fenster, visiert den Punkt am Glashaus an und bleibt in dieser Stellung vier Sekunden, der Eindruck ist vorherrschend: der Spanier versteht sich absolut auf Handfeuerwaffen, absolut auf Gewehre und insbesondere auf Jagdgewehre. Die Kamera zeigt den Spanier jetzt im Spiegel vor dem Spiegel, er visiert sein Gehirn an, der Spanier macht einen Schritt zurück und visiert noch einmal sein Gehirn an, man glaubt, jetzt müsse er abdrücken, aber der Spanier drückt nicht ab, er stellt das Gewehr in den Gewehrkasten. Er setzt sich ohne Gewehr in den Sessel und knöpft sich, ganz hinuntergebeugt, die Schuhbänder auf. Hat er die Schuhbänder aufgeknöpft, hebt er den Oberkörper und schaut zur Tür, als schaute er durchs Schlüsselloch. Er zieht seinen Rock aus, knöpft seine Hose auf, zieht sich schließlich das Hemd aus, der Oberkörper des Spaniers ist vollkommen einbandagiert, er nimmt die Bandage herunter, jetzt sieht man, der Spanier hat eine metallene Brustkorbstütze, der ganze Oberkörper des Spaniers ist mit Metall gestützt, er steckt in einem Metallgestell, das von Ledergurten durchzogen ist. Die Kamera so lange auf dem Oberkörper des Spaniers, bis der seinen Oberkörper vollkommen ausbandagiert hat. Unter dem Sessel eine große hohe Puderdose, mit welcher sich der Spanier jetzt den ausbandagierten Oberkörper einpudert. Er bückt sich und zieht zuerst den rechten Hosenfuß ein paar Zentimeter hinauf und pudert ihn ein und zieht dann den linken Hosenfuß ein paar Zentimeter hinauf und pudert ihn ein. Man sieht, seine Beine sind in Metallstützen, die mit Ledergurten an den Beinen befestigt sind. Plötzlich steht der Spanier abrupt auf und geht zu der Kommode an der dem Spiegel gegenüberliegenden Wand und zieht die oberste Lade heraus, in dieser Lade zeigt die Kamera lauter Bandagistengegenstände, Flaschen, Stützen aus Metall, Leder, Dosen, Tablettenschachteln, Säfteflaschen et cetera, wie der Spanier aufgestanden ist, um zur Kommode zu gehn, die Kommode ist eine josephinische Kommode, sind seine Bewegungen mechanisch, wie wenn eine Maschine vom Sessel aufgestanden wäre, hat man den Eindruck, als wenn auch der Kopf des Spaniers ein Maschinenteil wäre, alle Bewegungen des Spaniers sind auf einmal wie von einer Maschine ausgeführt, vor allem zeigt sich das beim Herausziehen der Kommodenlade. Der Spanier nimmt aus der Lade ein Metallgestell, das an die Metallgestelle erinnert, mit welchen die Eishockeyspieler ihre Oberkörper schützen und schlüpft in das Gestell und geht, noch mechanischer als vorher, zur Kommode, von der Kommode zum Sessel zurück und setzt sich auf den Sessel und schlüpft noch tiefer in das Gestell hinein und zieht sich dann das Hemd darüber an und den Rock. Er bückt sich wieder und zieht den rechten Hosenfuß hinauf und läßt ihn fallen und zieht den linken Hosenfuß hinauf und läßt ihn fallen. Jetzt, wie der Spanier seinen Rock ganz zugeknöpft hat und allein dadurch völlig steif auf dem Sessel sitzt, hebt er um fünf oder sechs Zentimeter unter den schwierigsten Umständen den Kopf und öffnet ganz langsam und vorsichtig den Mund, so weit es geht und macht den Mund wieder zu und öffnet den Mund wieder und macht ihn wieder zu, viermal macht der Spanier vorsichtig den Mund langsam auf und zu. Jetzt steht er auf und geht wieder wie eine Maschine zum Gewehrkasten, vollkommen mechanisiert und öffnet den Gewehrkasten und nimmt die Gorosabel heraus und geht mit der Gorosabel zum Fenster und visiert wieder einen Punkt am Glashaus an. Drei Sekunden. In diesem Augenblick wird an die Tür geklopft, der Spanier bleibt aber von dem Klopfen völlig unbeeindruckt am Fenster, den Punkt am Glashaus anvisierend. Es wird ein zweites Mal, lauter, geklopft, aber der Spanier nimmt keinerlei Notiz davon. Jetzt setzt sehr laut das Streichquartett III ein, aber der Spanier reagiert nicht darauf. Der Spanier senkt das Gewehr, steht plötzlich gerade und geht zum Gewehrkasten, stellt die Gorosabel hinein. Er stellt sich vor den Spiegel (ein großer zwei Meter hoher Ochsenaugenspiegel) und steckt, mechanisch, die Hände in die Hosentaschen. Die Kamera zeigt ihn von hinten, so daß sie ihn in Wirklichkeit von vorn im Spiegel zeigt, dann von ihm weg Kamera durchs Fenster, der ganze gegenüberliegende Ausschnitt, Wirtschaftsgebäude, Glashaus et cetera, wird gezeigt, dann Kamera auf die vielen Menschen im Park, auf die Autos, plötzlich auf an die hundert Menschen von oben (Balkon) herunter, die durch das Portal hinein wollen, ein stummer Menschenknäuel will ins Herrenhaus und kann nicht hinein. Zimmer des Italieners. Der Italiener am Fenster, das Fenster ist geschlossen. Keine Musik. Keinerlei Geräusch. Der Italiener hat die Hände in den Hosentaschen. Auf dem Sofa ein Haufen italienischer Zeitungen L'UNITÀ et cetera, plötzlich der abgestellte Plattenspieler, wieder Aufschrift STRING QUARTET III. Plötzlich geht der Italiener zum Sofa, nimmt L'UNITÀ und überfliegt die Schlagzeilen, wirft die Zeitung wieder auf das Sofa, stellt sich wieder ans Fenster, geht zum Sofa zurück, legt sich aufs Sofa, streckt die Beine ganz aus, Füße auf die Sofaseitenlehne zur Fensterseite. So vier Sekunden. Der Italiener steht wieder auf und stellt den Plattenspieler an. Jetzt wird geklopft. Der Italiener sagt *Moment*, reagiert aber dann nicht mehr auf das Klopfen, als hätte er auf das Klopfen vergessen, es klopft wieder, er geht zur Tür, macht auf, Mädchen I steht in der Tür mit einer Schale Kaffee, der Italiener trinkt die Schale aus, gibt die Schale dem Mädchen zurück, er macht die Tür zu und bleibt zwei Sekunden an der Tür stehen, horchend. Zieht sich den Rock an, der an einem Haken neben der Tür war und geht hinaus. Kamera zeigt den von seinem Zimmer weggehenden Italiener, nach zwei Schritten Menschenmauer, er kann nicht weiter. Er kehrt um, geht in sein Zimmer. Kommt wieder heraus und es gelingt ihm, durch die Menschenmauer zu kommen, die Kamera zeigt seinen Kopf, wie er nach und nach durch die Menschen durchkommt bis zum Treppenaufgang, von dort die Treppe hinunter in den ersten Stock, von da ganz hinunter und hinaus durchs Portal. Die Kamera zeigt nur den sich vorwärtsbewegenden Kopf des Italieners, wie von der Decke herab. Küche. Die Küche ist, wie das ganze Herrenhaus, angestopft mit Menschen. Bei genauerer Betrachtung sieht man, es handelt sich immer um die gleichen Menschen, alle schwarz gekleidet bis auf die, die bei ihrer Ankunft graue Kleidung getragen haben et cetera. Die Köchin und die Mädchen arbeiten in der Küche, werden aber von den Leuten in der Küche beinahe erdrückt. Kamera immer von oben, Vogelperspektive. Plötzlich Herrenhausinnenhof, von der Westseite auf die Ostseite, gegen die Zimmer, auf die Rundbogen, im Rundbogen links außen erkennbar der Spanier, rechts außen die Herren aus dem Jaguar, diese ganz beieinander stehend, miteinander sprechend. Einstellung vier Sekunden, dann wird eine größere Schuhputzkiste auf die Mauer unter dem Rundbogen Mitte gestellt, das Mädchen I ist erkennbar, stellt nacheinander mehrere Paar Schuhe auf die Mauer, auf welcher schon Dutzende Schuhe gestanden waren und fängt an Schuhe zu putzen. Der Spanier beobachtet das Mädchen dabei. Die Herren aus dem Jaguar beachten das Mädchen nicht. Jetzt Kamera in den Hof hinunter, Vogelperspektive, in welchem ein Reh mit geschientem rechtem Hinterbein gezeigt wird, das mühsam hin und her humpelt, unruhig, die Bogen mit dem Spanier, dem Mädchen und den Herren aus dem Jaguar werden wieder gezeigt, die Menschen oben nehmen aber von dem Reh unten keinerlei Notiz. Kamera im Hof unten jetzt zuerst auf das Reh, dann ganze Bogenfassade mit Spanier, der auf das Reh hinunterschaut, schuhputzendes Mädchen, Herren aus dem Jaguar in Bewegung, dann zwei Sekunden Standphoto, dann Standphoto Dachfirst bis über den Rauchfang hinaus, aus welchem wilder, schwarzer Rauch aufsteigt. Kamera auf das Dach auf den Landvermesser am Stativ neben dem Rauchfang, durchs Objektiv über das Glashaus wegschauend. Vom Landvermesser weg Dach in Ein-Meter-Entfernung langsam anschließend die ganze Fassade des Herrenhauses herunter über das Portal, vor welchem jetzt kein Mensch mehr ist. Alle scheinen im Haus zu sein. Portal wird aufgemacht, die Schwester erscheint, wie wenn sie von den Menschen innen herausgedrückt worden wäre, hinter ihr Portaltür zu, in einem langen schwarzen Mantel, viele Knöpfe, zweireihig, großer Kragen, fester Stoff auf Taille geschnitten, hohe schwarze Schnürschuhe, weich, Chevreauleder, ohne Schmuck, sie hat jetzt glatt und straff zurückgekämmtes Haar, aber keinen Knoten. In der rechten Hand hat sie eine einfache Holzlaterne mit brennender Kerze. Sie sperrt das Portal ab, während sie das Portal absperrt, zeigt die Kamera einen Haufen Beileidspost neben dem Portal, deutlich schwarzumrandete Beileidsbriefe und -karten, die Schwester schaut den Haufen an, nimmt einen Brief an sich, schaut die Adresse an und wirft den Brief wieder auf den Haufen und geht zum Glashaus. Der ganze Park leer bis zu den Autos, die zwei Drittel des Parks einnehmen. Klare Konturen plötzlich, wie in einer klaren Nacht. Die Dächer der Autos werden gezeigt, einmal vom Glashaus zum Herrenhaus, einmal vom Herrenhaus zum Glashaus, dann vom Parktor gegen die Berge. Schließlich vom Parktor aus Kamera auf die Schwester, zum Glashaus gehend, man sieht hinter den Autos nur ihren Oberkörper. Die Schwester verschwindet im Glashaus. Einstellung hinter dem Kopfende des Katafalks, sechzehn Kerzen brennen auf sechzehn Leuchtern, an die fünfzig Kränze aufgestellt bis in Höhe der Glashausdecke. Das Fußende des Katafalks mit den in die Höhe gestellten Fußspitzen des Toten wird gezeigt, dahinter deutlich der Polster mit den aufgesteckten Orden, dahinter steht die Schwester. Plötzlich Einstellung von hinter der Schwester, die die Laterne über den Leichnam hebt und ihm ins Gesicht schaut. Sie beobachtet den Leichnam *überkritisch* und stellt dann die Laterne neben dem Leichnam auf den Katafalk rechts und holt einen Polster unter dem Katafalk hervor und versucht, auch noch diesen Polster unter den Kopf des Toten zu schieben, man hat den Eindruck, sie will, daß der Tote noch höher liegt als er schon liegt, es sind schon drei Polster unter seinen Kopf geschoben, sie will ihm noch einen vierten Polster unterschieben, es gelingt ihr zuerst nicht, dann gelingt es ihr. Sie betastet dann die Stelle am Kopf des Toten, von welcher sie ursprünglich das gestockte Blut abgewischt hat. Dann macht sie den obersten Knopf des Anzugs des Toten auf und bringt das Hemd in Ordnung und macht den Knopf wieder zu. Dann nimmt sie die Laterne und stellt sich wieder vor dem Leichnam auf und hebt die Laterne hoch und atmet tief ein und dreht sich um, geht aus dem Glashaus hinaus. Die Kamera zeigt, wie die Schwester vom Glashaus kommend zum Herrenhaus zurückgeht. Wieder der leere Park, zwei Drittel von Autos besetzt. Noch während die Schwester am Katafalk gestanden war, Einsetzen eines Glockengeläuts von der Kirche herauf, das jetzt, da die Schwester an den Autos Richtung Herrenhaus vorbei ist, aufhört. Zwei Sekunden geht sie, ohne Geläut, ohne Geräusch, auf das Portal zu. Darauf Lichtung am Forsthaus: gleiche Beleuchtung wie Einstellung vorher, wie klare Nacht. Italiener in Begleitung des Sohnes auf dem Weg traunaufwärts gegen den Heustadel, hörbar, aber unverständlich bei der Unterhaltung, dann, in Höhe des Heustadels Italiener: *... die Vernunft in sich ruhend und hat ihren Zweck in sich selbst... Sie bringt sich selbst zum Dasein hervor* (also *ervor et cetera*) *und führt sich aus ... das Denken muß sich dieses Zwecks der Vernunft bewußt werden ... Mazzini, Campanella et cetera ... die philosophische Weise kann anfangs etwas Auffallendes haben, sie kann aus der schlechten Gewohnheit der Vorstellung auch sich selbst für zufällig, für einen Einfall gehalten werden ... wem nicht der Gedanke als einzig Wahres, als das Höchste gilt, der kann die philosophische Weise gar nicht beurteilen ... und es ist allerdings das Verlangen nach vernünftiger Einsicht, nach Erkenntnis, nicht bloß nach einer Sammlung von Kenntnissen, was als subjektives Bedürfnis bei dem Studium der Wissenschaften vorauszusetzen ist ... ein Resultat also, das mir bekannt ist, weil mir bereits das Ganze bekannt ist ... es hat sich erst und es wird sich aus der Betrachtung der Weltgeschichte selbst ergeben, daß es vernünftig in ihr zugegangen, daß sie der vernünftige, notwendige Gang des sogenannten Weltgeists gewesen sei, der die Substanz der Geschichte ist, der eine Geist, dessen Natur eine und immer dieselbe ist ... und der in dem Weltdasein diese seine eine Natur impliziert ... der Weltgeist ist der Geist überhaupt ... das muß, wie gesagt, das Ergebnis der Geschichte selbst sein ... die Geschichte haben wir zu nehmen, wie sie ist ... wir haben historisch, empirisch zu verfahren ... unter anderem dürfen wir uns nicht durch die Historiker, durch die Fachleute verführen lassen ...* Gehen in den Wald hinein, verschwinden, kommen aus dem Waldstück wieder heraus, wie sie die Lichtung betreten, Italiener: ... *die Gegenstände sind Reizmittel für das Nachdenken ... wenn man sagt,* *der Zweck der Welt soll aus der Wahrnehmung hervorgehen ... keine physischen Augen, keinen endlichen Verstand ... nun, wenn man so mit der Geschichte verfahre, sei dies ein apriorisches Verfahren und schon an und für sich unrecht ... ob man so spricht, ist der Philosophie gleichgültig ... um das Substanzielle zu erkennen, muß man selber mit der Vernunft darangehen ... allerdings darf man nicht mit einseitigen Reflexionen kommen ... denn die verunstalten die Geschichte und entstehen aus falschen subjektiven Ansichten ... geht man nur mit Subjektivität an die Welt, so wird man es so finden, wie man selbst beschaffen ist ... das Allgemeine gehört nicht der zufälligen Erscheinung an ... die Menge der Besonderheiten ist hier in eins zu fassen ... die Geschichte hat hier vor sich den konkretesten Gegenstand* ... Der Sohn hört zu, er *will* zuhören, aber es fällt ihm schwer, dem, was der Italiener sagt, zu folgen, alles, was der Italiener sagt, übersteigt sein Fassungsvermögen. Italiener: ... *die negative Seite an dem Gedanken der Veränderung weckt unsere Trauer ... was uns niederdrückt, ist: alles muß untergehen ... die Leidenschaften haben alles zugrunde gerichtet, richten alles zugrunde ... von der Weltgeschichte kann nach dieser abstrakten Bestimmung gesagt werden, daß sie die Darstellung des Geistes sei ... in den Griechen ist zuerst das Bewußtsein der Freiheit aufgegangen und darum sind sie frei gewesen, aber sie, wie die Römer, wußten nur, daß einige frei sind, nicht der Mensch als solcher ... das wußten Plato und Aristoteles nicht* ... Aus dem Wald gegen den Heustadel. Am Heustadel bleibt der Sohn stehen, der Italiener bleibt stehen, der Sohn wendet sich der Lichtung zu, der Italiener schaut auch in die Lichtung. Der Sohn sagt: ... *hier in der Lichtung haben wir als Kinder oft Fangen gespielt* ... plötzlich: *auf einem Massengrab ... die Lichtung ist ein Massengrab. In der Lichtung sind zwei Dutzend Polen begraben. Verscharrt. Gemeine Soldaten, Offiziere. Ich erinnere mich noch, sie haben Zuflucht gesucht im Glashaus, das mein Vater immer das Schlachthaus genannt hat, weil die Polen im Glashaus erschossen worden sind ... er wollte im Glashaus aufgebahrt sein ... das ganze Leben ist er dem Geschrei der im Glashaus an die Wand gestellten Polen nicht entkommen ... wir gehen auch nie in die Lichtung*. Direkt zum Italiener: *Merkwürdig, mit dir bin ich in die Lichtung gegangen. Die Polen sind im Glashaus in eine Falle gegangen* ... Plötzlich direkt zum Italiener: *Glaubst du, er hat sich erschossen?* Der Italiener reagiert nicht darauf, schaut in die Lichtung. Der Sohn jetzt: *Unter den Erschossenen soll ein Potocki sein.* Gehen schweigend ab in den Wald. Aus dem Wald heraus, Italiener: ... *so ist es ganz natürlich, fortwährend mit dem Begriff der Abschaffung umzugehn, mit dem Begriff der Abschaffung ... es ist die klassische Form des Selbstmords ... die klassische Form, sich umzubringen* ... Der Italiener bleibt stehen, als ob er in Richtung auf das Glashaus schaute, kalt: *Der Schuß in den Kopf ist eine Möglichkeit.* Kamera hinter dem Kopfende des Katafalks. Italiener und Sohn treten ein. Der Katafalk ist vollkommen, sechsunddreißig Kerzen auf sechsunddreißig Leuchtern. Köchin kniend vor dem Katafalk, steht auf, wie sie bemerkt, daß jemand eingetreten ist, geht hinaus, am Italiener vorbei, der zuerst zögert, zwei Schritte hinter dem Eingang stehen bleibt. Sohn an den Katafalk. Jetzt auch Italiener an den Katafalk. Einsetzen des Trauermarsches vom Wirtshaus Zur schönen Aussicht herauf, der jetzt bis zum Ende des Films gespielt wird. Der Sohn geht zum Podium, das man nicht sehen kann und hebt ein glänzendes, ein besonders prunkvolles Kostüm auf, die Kamera zeigt das Kostüm deutlich, der Sohn hebt das Kostüm in die Höhe und dreht sich mit dem Kostüm nach dem Italiener um und zeigt es dem Italiener und sagt: *Heute hätten wir das Schauspiel gespielt. Heute. Jetzt!* sagt der Sohn und wirft das Kostüm so weit wie möglich in den Hintergrund. Er sagt noch einmal: *Jetzt.* Der Italiener tritt an den Katafalk, die Kamera zeigt ihn vom Kopfende des Katafalks, zwischen den Kerzen, hoch aufgerichtet. Der Sohn tritt zu ihm. Der Italiener greift sich an den Kopf. Als ob er keinen Gedanken hätte.

## Der Italiener · Fragment

Nach dem Nachtmahl ging ich mit dem Italiener vor dem Lusthaus auf und ab. Er habe es weit gebracht, sagte er, das Florenz nach dem Krieg sowie das Aussterben seiner Familie habe ihn, für seine Begriffe, reich gemacht. Er hatte mir schon am Vormittag vierzehn Geschäfte aufgezählt, die er besitze, zwei Landwirtschaften, zwei Mühlen, eine Konservenfabrik, sämtliche in der Toskana, ein Haus in Florenz, einen kleinen Besitz »über Silvaplana, eine Hütte für meine Einsamkeit«. In immer kürzeren Abständen kehrte in dem, was er sagte, »Fiesole« wieder. Er schilderte, während aus dem offenen Lusthaus, in dem mein Vater, wie ich jetzt sah, von meinen Schwestern viel zu hoch aufgebahrt war, die gefürchtete und unter Umständen tödliche Luft herausströmte, seine Verhältnisse, Ansichten über Geschäfte, während ich in Gedanken noch immer mit Kiental und Zimmerwald, mit der Wirkung Karl Liebknechts beschäftigt war. Fortwährend dachte ich an meine Arbeit, vornehmlich an das Heidelberger Programm. Aus Höflichkeit, um den Italiener nicht vor den Kopf zu stoßen, sagte ich, ich plante schon lange Zeit eine Reise nach Süditalien. »Ich möchte mich einem Gesteinsforscher anschließen, der im Herbst nach Sizilien geht«, sagte ich. Der Italiener warnte mich, zu früh nach Sizilien zu reisen, »nicht vor Ende Oktober«. Unser Ausgangspunkt werde Caltanisetta sein, sagte ich, die Forschungen meines Freundes beschränkten sich auf das Gebiet zwischen Caltanisetta und Enna. Der Italiener riet mir zu einem Ausflug nach Agrigent (»Sie ersparen sich damit Griechenland!«), nach Palermo und Cefalù. Er fürchtete, entdeckte ich, ich könnte ihn plötzlich auffordern, zu meinem toten Vater ins Lusthaus hineinzugehen, oder ich könnte ihn fragen, ob er, wie sich das gehörte, schon bei meinem toten Vater, dem »Alten Herrn«, gewesen sei; sämtliche Trauergäste hatten inzwischen diesen gefürchteten Totenbesuch absolviert, nur der Italiener nicht. Ich hatte ihn den ganzen Tag lang beobachtet, von allen erschien er mir als der Interessanteste, auch als der weitaus Intelligenteste der ganzen Gesellschaft. Kein gesprächiger Mensch, war er seit seiner Ankunft immer allein gewesen. Die Schwestern hatten sich, nachdem sie ihn begrüßt hatten, nicht mehr um ihn gekümmert. Er wünschte aber auch keinen Kontakt.

Ich hatte sofort die Gelegenheit ausgenützt, mit dem Italiener im Park zu verschwinden, der gespannten Atmosphäre im Haus, den vielen Leuten, Erregungen meiner Schwestern, dem Trauertumult in ihnen, für kurze Zeit zu entkommen, er wollte, daß ich ihm etwas über die Geschichte unseres Hauses erzähle, und zwar im Freien, was ich, selbst neugierig und freilich mit großen Denkschwierigkeiten, auch getan habe. Jetzt gingen wir also auf und ab, und ich zeigte, einem plötzlichen, völlig unvorhergesehenen Einfall folgend, dem Italiener, um ihn von dem Toten, der ihm so gut wie unbekannt war, meinem Vater, zu dessen Begräbnis ihn seine Familie zu uns geschickt hatte, abzubringen, den Haufen Theaterkostüme und Instrumente, Mäntel, Jacken, Hosen, Trompeten, Schlagzeug und Flöten also, im Schuppen an der Lusthauswand. Vor Aufregung hatten meine Schwestern, bevor sie den Vater im Lusthaus aufbahren konnten, das Lusthaus ausgeräumt und die Kostüme und Instrumente, die jahrzehntelang im Lusthaus gelegen waren, im Schuppen auf einen Haufen geworfen. Ich dachte, den Italiener könnten die Kostüme und Instrumente, alles kostbare, uralte Stücke, interessieren. Ich erklärte ihm, daß jedes dieser Stücke für mich eine besonders tiefe Bedeutung habe, einen besonders hohen Wert darstelle, »Erinnerungen«, sagte ich im Tonfall des Italieners. Er schien mir, nach seinen Äußerungen, darin, wie er sich von den anderen unterschied, auf seine Weise, sehr gut erzogen, künstlerisch interessiert zu sein. Zum Großteil noch von meiner Urgroßmutter und ihren Schwestern zusammengenäht und geschmückt, von meinem Urgroßvater und seinen Brüdern zusammengekauft, seien sie die schönsten, die ich jemals gesehen, die schönsten, die ich jemals gehört habe, und der Fundus vieler großer Theater in ganz Europa sei mir bekannt. Der Schuppen war durch einen Bretterspalt von den beiden Totenkerzen im Lusthaus erleuchtet. Ich sagte, der Italiener solle sich nicht schmutzig machen, denn der Schuppen war schmutzig, voller Spinnweben, voller Staub. Zuerst zeigte ich ihm die Kostüme der Reichen. Dann die Kostüme der Erhabenen. Dann die Kostüme der Lächerlichen. Eins nach dem andern zog ich vor seinen Augen aus dem Haufen heraus und hielt es gegen das Licht. Der Italiener wollte wissen, wer das Schauspiel geschrieben hat, das die Kinder meiner Schwester genau an diesem Abend »zwischen halb neun und halb elf, *in und vor dem Lusthaus*« aufgeführt hätten, wäre nicht unser Vater während der letzten Probe gestorben, hätte er sich, wie ich schon ausführlich dargelegt habe, nicht auf die bekannte grauenhafte Weise in seinem Zimmer erschossen. »Ein Unglück«, hatte der Italiener vorher gesagt. Ob das Schauspiel ein lustiges sei oder ein tragisches, oder tragisch und lustig zugleich, wollte er unbedingt wissen. Ich antwortete, daß der älteste Sohn meiner jüngeren Schwester, der Dreizehnjährige, der Dichter des Schauspiels sei, ich hätte es, das für jeden mit Ausnahme der Mitspielenden als Überraschung gedacht gewesen war, nicht gelesen, »nicht eine einzige Zeile«, sagte ich, »ich weiß nicht einmal seinen Titel«. Es sei, sagte ich, eine gute Idee, mir sofort nach unserer Rückkehr ins Haus das Schauspiel geben zu lassen, denn »aufgeführt wird es nun nicht mehr«, um es noch in der Nacht zu lesen, an Schlaf wäre nicht zu denken und ablenken könne es mich vielleicht, auch von der für mich im Augenblick quälenden Schriftstellerei. Da mir das Wesen dessen, der es geschrieben hat, bekannt sei, »ein sehr zartes Wesen«, sagte ich, werde mir das Schauspiel sicher gefallen und mir auf erfreuliche Weise zu denken geben. Seit mehr als hundert Jahren, sagte ich, werde alljährlich von einem unserer Kinder, meistens von einem der Söhne, für das Lusthaus, und zwar für den letzten Augustabend, ein Schauspiel geschrieben, es sei erstaunlich, wie gut diese Schauspiele immer seien, wie gut geschrieben und aufgeführt sie seien, es existierten im Schreibtisch meiner älteren Schwester noch an die drei Dutzend; die ältesten vorhandenen seien von meinen Großeltern, eines davon ist mir noch vom Lesen in Erinnerung, es hat den Titel ›Der Sperber‹. Alle diese Schauspiele, die, nachdem sie gründlich einstudiert worden sind, immer nur ein einziges Mal im Lusthaus gespielt werden durften, sind eine Fundgrube für den Theaterstudenten und -wissenschaftler, für jeden ernst zu nehmenden Schauspieler. Ich selbst hätte, sagte ich, Lust, sie einmal zum Mittelpunkt eines Aufsatzes, vielleicht unter dem Titel ›Unsere Sommerlustspiele‹, zu machen. Alle diese Schauspiele, Komödien wie auch Tragödien wie auch Singspiele, wurden jeweils an einem einzigen Tag, in einer einzigen Nacht geschrieben, ich selbst habe ein solches schon mit elf Jahren verfaßt, »in der Finsternis des Lusthauses«, sagte ich. Das Italienische in uns habe uns für die Schauspielerei inspiriert, sagte ich und war froh, auf diese Weise in dem Italiener, der bis zu diesem Augenblick doch auch mir gegenüber in manchmal schmerzender Weise reserviert gewesen war, einen freundlichen, aufmerksamen, ja sogar gesprächigen Partner gefunden zu haben. Er sagte jetzt, daß auch seine Familie bei ihm zu Hause in Florenz alljährlich Theater gespielt habe, »immer nur hinter Masken«, sagte er, »und immer im Winter« und niemals ein selbstverfaßtes, sondern, merkwürdig im Land des Lustspiels, nur Spiele englischer und französischer Herkunft, »Shakespeare, Molière ...« Bei ihnen hätten auch immer die Erwachsenen mitgespielt. Ob das Lusthaus, fragte er, nur zu dem einen Zweck, in ihm Theater zu spielen, gebaut worden sei. »Für Theater und Lustbarkeiten«, sagte ich. Das Wort »Lustbarkeiten« verstand er nicht, und ich versuchte, es ihm zu erklären, mit Erfolg, wie ich glaube. Er sprach, muß ich sagen, jedesmal so gut deutsch, daß ich zu Anfang meiner Bekanntschaft mit ihm irritiert war. Die Luft, die jetzt in den Schuppen hereinkam, war scharf durch die Nähe des nach den vergangenen Regengüssen unaufhörlich laut plätschernden, sich immerfort am Waldrand überstürzenden Baches. Ich hatte dem Italiener noch immer nicht alle Kostüme gezeigt, da dachte ich, vielleicht langweilt sich der Italiener mit mir, denn was gingen ihn, der hier nichts zu suchen hatte, den Italiener aus Florenz, der nur auf zwei Tage zum Begräbnis unseres Vaters gekommen war, die Kostüme an, die Instrumente, was ging ihn das alles an? Ich machte ihm den Vorschlag, ins Haus zu gehen, es sei dort, wenn auch laut, so doch warm, er wolle vielleicht auch ein warmes Getränk, »einen heißen Most«? sagte ich, den der Italiener am frühen Nachmittag mit großem Genuß, wie ich habe feststellen können, getrunken hat. Der Italiener aber wollte *alle* Kostüme sehen. Ich erklärte ihm, aus der Erinnerung, jede der dazugehörenden Rollen, auch, wer sie jeweils gespielt hat, gespielt haben könnte. Damit verging beinahe eine Stunde. Die Kostüme des neuen Schauspiels wären nicht darunter, sie seien, nicht fertig geworden, im Zimmer meiner jüngeren Schwester, und zwar auf dem Boden in ihrem Zimmer, liegengeblieben. Auch die Musikinstrumente schienen ihm zu gefallen. Er sei, sagte er, einmal mit seiner Mutter in Padua, wo er studiert habe, aus einem brennenden Operntheater gelaufen, und seine Mutter sei an dem Schock vier Wochen später in einem Florentiner Spital gestorben. Seither habe er kein Theatergebäude mehr betreten. In unser Lusthaus sei er aber hineingegangen. Wir schwiegen, dann sagte er: »Wir schreiben einander nie.« Mir fiel auf, wie nachdenklich er das gesagt hatte, gleichzeitig bedauerte ich, kein Wort Italienisch zu können; mein Vater hat recht gehabt mit der Behauptung, man könne nicht genug Sprachen sprechen. Ich kam mir erbärmlich vor. Und wie gut der Italiener deutsch sprach! Ob ihn die Zeit im Schuppen, ob ihn mein ganzes Theater mit den Kostümen und Instrumenten nicht irritiert oder gar gelangweilt habe, für mich sei das Ganze, sagte ich entschuldigend, eine willkommene Ablenkung von dem Grauenhaften des Unglücks, »überhaupt

von mir selbst«, sagte ich, gewesen. »Auch habe ich«, sagte ich, »einen Vorwand, nicht im Hause zu sein, wo sie mich sicher überall suchen; sie vermuten nicht, daß ich im Park bin. Sie vermissen uns. Einem Gast«, sagte ich, »kann ich, wenn er ihn wünscht, den Rundgang nicht abschlagen.«
Der Italiener fragte mich in dem Augenblick, in dem wir den Wald betreten hatten, ob mir die italienische Literatur bekannt sei. Diese Frage eines Geschäftsmannes verblüffte mich, tatsächlich habe ich aber immer wieder feststellen können, daß gerade Geschäftsleute solche Fragen stellen. Ich verneinte. Ich hätte aber, sagte ich, schon im Alter von dreizehn Jahren die Sonette des Michelangelo und die Gedichte Petrarcas gelesen. Aus der neueren Literatur sei mir nichts, außer Pavese, Ungaretti und Lampedusa, bekannt, außer italienischen politischen Schriften, die ich für meine Studien von Zeit zu Zeit heranzuziehen gezwungen sei. Ich sprach den Namen *Serrati* aus, aber der Italiener hatte ihn nie gehört. Auch mit *Campanella* hatte ich keinen Erfolg, der Liberale *Mazzini* wie auch der Opportunist *Modigliani* bewirkten bei dem Italiener genauso nur Kopfschütteln. Er fragte mich jetzt, ob ich gern und viel reiste. Ich sagte, ja. Wie alt ich sei, »noch Student?« fragte er. Ich verneinte. Die Schwierigkeit, die es mir ohne Zweifel gemacht hätte, ließ mich über mich, selbst was meine absoluten Personalien betrifft, dem Italiener gegenüber nichts mehr erklären. Er sagte, während er sich einen Fichtenast aus dem Gesicht hielt und dabei stehenblieb, ich hatte mich, völlig grundlos, wie mir schien, umgedreht, es sei für ihn schwierig, mit den Leuten im Haus, den Trauergästen, »mit den Hausleuten selbst«, wie er einwandfrei sagte, ein Gespräch anzufangen, von einem Großteil (»Alles nur Fremde!«), sagte er, wisse er noch nicht einmal den Namen, obwohl er doch mit ihnen allen verwandt und sofort nach seiner Ankunft ihnen allen vorgestellt worden sei. Er fühle sich jetzt mir zugehörig. Er sagte, »der einem die ersten freundlichen Worte sagt, dem gehört man in fremder Gesellschaft«. Ich sei dieser Mensch, »geheimnisvoll jung«. Hatte

ich es die ganze Zeit nicht für richtig befunden, ihn nach seinem Alter zu fragen, so sagte er, der jetzt vor mir ging, auf einmal, er sei achtundvierzig. Er erschien mir jetzt jünger als noch am Vormittag. Daß ich mich »unter dem Unglück« so »frei« bewegte, ganz zum Unterschied von den andern, gefiel ihm. Es wirke sich auch auf ihn aus.
Vom Haus herüber hörten wir beide jetzt meine Schwestern aufgeregt debattieren, einzelne Wörter, ja ganze Sätze waren, wohl wegen der dafür günstigen Luftströmung, bis in den Wald herein voll verständlich. Die Debatte der beiden kam aus der Küche, wohin sie sich, wahrscheinlich um eine ihrer nutzlosen Dringlichkeiten ungestört besprechen zu können, zurückgezogen hatten. Es machte auch dem Italiener Spaß, die Auseinandersetzung der Schwestern aufzufangen. Im Mittelpunkt der immer lauter werdenden Unterhaltung, die wie ich hören konnte und wie auch der Italiener verstand, bei geöffneten Fenstern stattfand, wohl weil die Schwestern der Ansicht gewesen waren, daß sich um diese Zeit und in dieser Kälte kein Mensch mehr im Park oder gar im Wald befinde, fielen immer wieder die Worte »zuerst« und »dahinter«. Ich machte den Italiener darauf aufmerksam, daß es sich um den Leichenzug handle und wer in ihm hinter wem zu gehen habe. Eine warf der andern noch schnell das Wort »Bischof« an den Kopf, dann war es still. Jetzt bemerkte ich erst, wie fürchterlich ihre Stimmen waren. Von der Lichtung aus war das Lusthaus zu sehen. Ich dachte, genau um diese Zeit hätten die Kinder ihr Schauspiel gespielt. Eine ebenso große Menge Leute, wenn auch nur aus der nächsten Umgebung, in anderer Stimmung, in anderen Kleidern als jetzt, weniger Verwandte als Nachbarn und Freunde, wären im Haus und im Park, vor dem Lusthaus versammelt. Ich dachte über den Unterschied zwischen »Sommerlustspielbesucher« und »Sommertotenbesucher« nach, während ich schon auf dem Massengrab stand. Der Italiener hatte keine Ahnung davon. Ich war im Zweifel, ob ich ihm sagen solle, daß er und ich auf zwei Dutzend verscharrten Leichen stünden. »Hier in der Lich-

tung«, sagte ich, ich beherrschte mich im letzten Augenblick, »haben wir als Kinder oft Fangen gespielt«, und ich erklärte ihm unser Fangenspiel. Er meinte, die Florentiner Kinder spielten dasselbe Fangenspiel. Ich konnte sogar in der Finsternis die Umrisse des Massengrabes, den »hellen Fleck« im Gras sehen. Ich bin über zehn Jahre, glaube ich, nicht mehr in der Lichtung gewesen, und jetzt schon zum viertenmal innerhalb von drei Tagen; auch mit dem Italiener. Ich sagte, das noch Fürchterlichere rasch zurückdrängend: »Mein Vater wollte im Lusthaus aufgebahrt sein. Auch sein Vater hat sich im Lusthaus aufbahren lassen.« Und dann: »Er nannte es oft auch ›Das *Schlacht*haus‹.« Zum viertenmal in drei Tagen, dachte ich. Und dann doch, was mir wichtig erschien, aus vielerlei Gründen, auch den Italiener in bezug auf das Massengrab aufzuklären, schaute ich, daß wir weiterkamen; wir machten, von mir geführt, den Umweg über die Brücke. Der Italiener war erstaunt, als ich, gerade auf der Brücke, sagte: »Hier gibt es ein Massengrab, und zwar in der Lichtung, aus der wir uns gerade entfernt haben. In der Lichtung sind zwei Dutzend Polen begraben. Verscharrt«, sagte ich. Mit kurzen Sätzen erzählte ich, wie jedem seiner Vorgänger, dem Italiener die von meinem Vater stammende Geschichte, daß in der Lichtung zwei Dutzend Polen verscharrt sind, »gemeine Soldaten«, sagte ich, »zwei Offiziere«. Ich könne mich, obwohl bei Kriegsschluß erst zwölf Jahre alt, noch an die Polen erinnern, »sie waren im Lusthaus untergebracht, sie hatten im Lusthaus das Kriegsende abgewartet, sie hatten Zuflucht gesucht im Lusthaus«. Aus den Erzählungen meines Vaters wisse ich, daß sie, zwei Wochen vor Kriegsschluß, von plötzlich in der Nacht aus dem Wald herausgekommenen Deutschen erschossen worden sind. Die Leichen sollen vierzehn Tage im Lusthaus gelegen sein und »einen ungeheueren Gestank« verbreitet haben, den Hausleuten sei es verboten gewesen, das Lusthaus zu betreten. Meinem Vater sollen die Deutschen mit dem Erschießen gedroht haben, auch allen andern, die die Leichen aus dem Lusthaus befördern und eingraben wollten. »Halbwüchsige«, sagte ich, »Fünfzehnjährige, Sechzehnjährige«. Diese Geschichte habe ich jetzt schon zum drittenmal seit meiner Ankunft erzählt. »Wirklich gesehen hat die Erschossenen nur mein Vater.« Der Italiener schaute auf das Lusthaus und sagte: »Das ›*Schlacht*haus‹.« Ich sagte, daß ich, an dem Mordtag, das Schreien der Polen vom Lusthaus in mein Zimmer herüber gehört habe. Jahrelang hätte ich in der Nähe des Lusthauses und überall in der Welt in der Nacht dieses Schreien gehört. Mit diesem Schreien, das sich automatisch jedesmal mit meiner Annäherung an das Lusthaus verstärke, hätte ich zwei Jahrzehnte, bis zum heutigen Tag, zu kämpfen gehabt. »Mein ganzes Leben«, sagte ich, »habe ich immer geglaubt, dem Geschrei der an die Wand gestellten Polen nicht mehr entkommen zu können.« Der Italiener drehte sich um. »Unter den Ermordeten soll ein Potocki sein«, sagte ich. Der Italiener nahm meine Erzählung, meine Mitteilung schweigend auf. Nur mein Vater habe, sagte ich, lange Zeit von dem Massengrab gewußt, niemand sonst; es sei längst die dafür zuständige Behörde verständigt worden, doch habe sich bis heute noch niemand um das Massengrab, um das »Polengrab«, wie meine Schwestern es nannten, gekümmert. »Wir gehen auch nie in die Lichtung«, sagte ich, »mit Ihnen bin ich, merkwürdig, in die Lichtung gegangen. Auch mit dem Freistädter. Mit dem Ungarn.« »Greuel«, sagte der Italiener und fragte mich, ob dieser Ausdruck stimme. Ich bejahte. »Die Polen«, sagte ich, »sind in das Lusthaus wie in eine Falle gegangen.« Nun wieder meinen Vater betreffend, sagte der Italiener: »Erschossen«, und schaute auf das Lusthaus. »Ein Unglücksfall?« Wieder dachte ich: Liegt ein Selbstmörder mit durchschossenem Schädel im Lusthaus? »Ein so grauenhaft zerstörtes Gesicht«, sagte der Italiener. Um abzulenken, erkundigte ich mich noch einmal nach den politischen Verhältnissen in Italien. »Das Politische«, sagte er, »interessiert mich tatsächlich nur insofern, als es meinen Geschäften nützt; kann sein, daß meine Ehrlichkeit verblüfft.« Damit entledigte er sich eines ihm, wie ich feststellte, unangenehmen Gesprächs. »In Rom«, sagte er vereinfachend, »sitzen immer die falschen Leute, in jedem Staat sitzen in jeder Hauptstadt, in Parlament und Regierung, immer die falschen Leute.« Augenblicklich hatte ich an die Chartistenbewegung in England gedacht, dann an Zimmerwald, die mich beinahe ununterbrochen, wenn auch oft gewaltsam zurückgedrängt, beschäftigten. Es waren jetzt wieder der Spartakusbund und das Rätesystem, Rosa Luxemburg und die Klara Zetkin. Zwei Stunden lang hatte ich alles, was mir schon seit Monaten ungeheuren Schmerz im Gehirn verursacht hatte, meine ganze Arbeit, vergessen. Nur ein einziges Mal noch kam ich aus meinen Gedanken, als der Italiener, der mich, nach kurzer Zeit schon, zu sich nach Florenz eingeladen hatte, nachdem wir über der Brücke waren, sagte: »Die Finsternis, die hier herrscht...«, und dann schwieg. »Es gebe«, sagte er, »kein Mittel, sich selbst zu entfliehen.« Was er, und zwar im Augenblick, damit meinte, wußte ich nicht, wir standen gerade vor dem offenen Fenster, genau vor dem Toten.

## Drei Tage

### 1. Tag

... die ersten Eindrücke, der Weg schon zum Einschreiben in die Volksschule, in die erste Klasse ... der hat bei mir an einem Fleischhauer vorbeigeführt, und an den offenen Türen Hacken, Hammer, Messer reihenweise, sehr schön geordnet, einerseits blutig, andererseits blitzblank und sauber, Schlachtschußapparate ... dann das Geräusch der Pferde, die zusammensacken ganz plötzlich, diese riesigen Bäuche, die aufgehen, zusammenfallen, Knochen, Eiter, Blut ... dann vom Fleischhauer ein paar Treppen hinauf zum Friedhof, Aufbahrungshalle, eine Gruft ... ich kann mich noch erinnern, gleich am ersten Schultag, ein bleicher Jüngling in der Aufbahrungshalle, der Sohn von einem Käser ... und von dort herzklopfend auf die Schulbank ... eine junge Lehrerin ...
Meine Großmutter, die mich immer mitgenommen hat, außerdem noch – am Vormittag bin ich selber über die Friedhöfe gegangen, am Nachmittag ist sie mit mir in die Leichenhäuser hinein – hat mich hochgehoben, gesagt: »Schau, da liegt wieder eine Frau.« Lauter Tote ... Und das ist von ziemlicher Bedeutung für jeden Menschen, und man kann da auf alles Rückschlüsse ziehen ...
Die Kindheit, das sind immer wieder Musikstücke, allerdings keine klassischen. Zum Beispiel: 1944 in Traunstein hab ich einen längeren Schulweg gehabt. Die Großeltern haben außerhalb der Stadt gewohnt, so vier Kilometer weg. Und in der Mitte ein Gebüsch, ich weiß nicht mehr was. Und jedesmal, wenn ich vorbeigehe, springt eine Frau heraus und schreit: »Deinen Großvater bring ich schon noch nach Dachau.«
1945 eine andere Geschichte, ein anderes Musikstück, Zwölftonmusik vielleicht. Der Freund meines Bruders, der war damals sieben Jahre, ich war vierzehn, greift in eine Panzerfaust, und er wird vollkommen zerrissen. Der Ort heißt Vachendorf. Und ich fahr mit meinem Bruder zum Begräbnis dorthin auf

dem Fahrrad. Also, ich kann nur notdürftig unter der Stange mit den Füßen durch, und er sitzt oben, vorn auf der Lenkstange. Wir pflücken Blumen unterwegs. Aber auf halbem Weg vor dem Begräbnisort springt plötzlich ein junger Mann aus dem Wald heraus, zerrt meinen Bruder und mich vom Rad herunter, zerfetzt die Blumen und tritt das Fahrrad vollkommen zusammen – also zuerst die Speichen, dann zerhaut er die Lenkstange, dann ruiniert er die Kotflächen, dann ohrfeigt er mich, dann haut er meinen Bruder in den Bach hinein. Und mir ist vorgekommen, daß so – ich weiß halt nicht, ist es ein Pole gewesen oder Tscheche ... Es war ganz merkwürdig. Und wir sind dort am Bachrand gesessen und haben geheult und sind zu Fuß zurück, also vom Begräbnis war keine Rede mehr, und haben dann zu Hause diese ganz merkwürdige Geschichte erzählt. Und solche gibt's eine ganze Reihe.

Zwei brauchbare Schulen natürlich: das Alleinsein, das Abgeschnittensein, das Nichtdabeisein einerseits, dann das fortgesetzte Mißtrauen andererseits, aus dem Alleinsein, Abgeschnittensein, Nichtdabeisein heraus. Und das schon als Kind...

Meine Mutter hat mich weggegeben. Ich bin in Holland, in Rotterdam, auf einem Fischkutter gelegen ein Jahr lang bei einer Frau. Meine Mutter hat mich alle drei, vier Wochen dort besucht. Ich glaub nicht, daß sie sehr viel für mich übriggehabt hat damals. Das hat sich allerdings dann geändert. Ich war ein Jahr alt, wir sind nach Wien, aber doch das Mißtrauen, das dann auch angehalten hat, wie ich zu meinem Großvater gekommen bin, der mich wirklich geliebt hat, umgekehrt. Dann die Spaziergänge mit ihm – das alles ist in den Büchern später, und diese Figuren, Männerfiguren, das ist immer wieder mein Großvater mütterlicherseits ... Aber neben dem Großvater immer wieder – man ist allein. Man kann sich nur allein entwickeln, man wird immer allein sein, das Bewußtsein, daß man aus sich nicht herauskann. Alles andere ist Täuschung, Zweifel. Es ändert sich nicht...

In der Studienzeit völlig allein. Man hat einen Banknachbarn in der Schule und ist allein. Man redet mit Menschen, man ist allein. Man hat Ansichten, fremde, eigene, man ist immer allein. Und wenn man ein Buch schreibt, oder wie ich Bücher schreibe, dann ist man noch mehr allein...

Verständlichmachen ist unmöglich, das gibt es nicht. Aus der Einsamkeit, aus dem Alleinsein wird ein noch verstärkteres Alleinsein, Abgeschnittensein. Schließlich wechselt man die Schauplätze in immer kürzeren Abständen. Man glaubt, immer größere Städte – es genügt einem nicht mehr die Kleinstadt, Wien genügt nicht mehr, London genügt auch nicht mehr. Man muß auf einen anderen Erdteil, man versucht da und dort hineinzugehen, fremde Sprachen – ist es vielleicht Brüssel? ist es vielleicht Rom? Und dort fährt man überall hin und ist immer mit sich und seiner immer scheußlicheren Arbeit allein. Man geht zurück aufs Land, man zieht sich auf einen Hof zurück, man macht die Tore zu, wie ich – und das ist oft tagelang – bleibt abgeschlossen und die einzige Lust und das immer größere Vergnügen andererseits ist dann die Arbeit. Das sind die Sätze, Wörter, die man aufbaut. Im Grunde ist es wie ein Spielzeug, man setzt es übereinander, es ist ein musikalischer Vorgang. Ist eine bestimmte Stufe erreicht nach vier, fünf Stockwerken – man baut das auf – durchschaut man das Ganze und haut alles wie ein Kind wieder zusammen. Aber während man glaubt, daß man's los hat, wächst einem schon wieder so ein Geschwür, das man als neue Arbeit, als neuen Roman erkennt, irgendwo am Körper heraus und wird immer größer. Im Grunde ist so ein Buch nichts als ein bösartiges Geschwür, ein Krebsgeschwür? Man operiert das heraus und weiß natürlich ganz genau, daß die Metastasen den ganzen Körper schon verseucht haben und daß eine Rettung gar nicht mehr möglich ist. Und das wird *natürlich* immer ärger und stärker, und es gibt da keine Rettung und kein Zurück mehr.

Die Leute vor mir, meine Vorfahren, waren wunderbare Menschen. Es ist auch nicht zufällig, daß sie mir jetzt auf der *eiskalten* Bank einfallen. Es hat da alles gegeben: Sie waren steinreich, wirklich arm, Verbrecher, scheußlich, fast alle in irgendeiner Weise pervers, glücklich, sind herumgereist... Die meisten haben sich irgendwann plötzlich einmal umgebracht und besonders die, von denen man geglaubt hat, daß sie überhaupt nicht einmal auf den Gedanken kämen, ihr Leben – oder was man so nennt – einfach abzuschließen durch einen Schuß oder durch einen Sprung. Einer ist einmal in einen Lichtschacht gesprungen, der andere hat sich eine Kugel in den Kopf gejagt, der dritte ist mit dem Auto einfach in den Fluß hineingefahren... Und das Darandenken an alle diese Leute ist so grauenhaft wie angenehm. Es ist der Zustand, wenn man im Theater sitzt, und der Vorhang geht auf, und man sofort die Leute, die man oben auf der Bühne sieht, einteilt in gute, schlechte – und nicht nur in gute und schlechte *Charaktere* oder *Menschen* und *Personen*, sondern in gute und schlechte *Schauspieler*. Und ich muß sagen, es ist durchaus ein Vergnügen, diese Vorstellung von Zeit zu Zeit immer wieder anzuschauen.

2. Tag

Die Schwierigkeit ist, anzufangen. Für den Dummkopf ist das keine Schwierigkeit, der kennt ja keine Schwierigkeit. Der macht Kinder oder macht Bücher, er macht *ein* Kind, *ein* Buch – ununterbrochen Kinder und Bücher. Es ist ihm ganz gleichgültig, er denkt ja nicht nach. Der Dummkopf kennt keine Schwierigkeit, er steht auf, wäscht sich, geht auf die Straße, wird überfahren, ist ein Brei, es ist ihm egal. Es sind lauter Widerstände von Anfang an, wahrscheinlich schon immer gewesen. Widerstände, was ist Widerstand? Widerstand ist Material. Das Gehirn braucht Widerstände. Indem es Widerstände ansammelt, hat es Material, Widerstand? Widerstände. Widerstand, wenn man hinausschaut beim Fenster,

Widerstand, wenn man einen Brief schreiben soll – man will das alles gar nicht, man *bekommt* einen Brief, wieder ein Widerstand. Man schmeißt das alles weg, trotzdem antwortet man irgendwann einmal. Man geht auf die Straße, man kauft was ein, man trinkt ein Bier, es ist einem alles lästig, das ist alles ein Widerstand. Man wird krank, man kommt in ein Spital, es wird schwierig – wieder Widerstand. Plötzlich tauchen Todeskrankheiten auf, verschwinden wieder, sie bleiben an einem hängen – Widerstände, natürlich. Man liest Bücher – Widerstände. Man will gar keine Bücher, man will auch keine Gedanken, man will weder Sprache noch Wörter, keine Sätze, man will keine Geschichte – man will überhaupt nichts. Trotzdem, man schläft ein, man wacht auf. Die Folge vom Einschlafen ist das Aufwachen, die Folge vom Aufwachen ist das Aufstehen. Man *muß* aufstehen gegen alle Widerstände. Man *muß* aus dem Zimmer hinaus, das Papier taucht auf, Sätze tauchen auf, eigentlich immer wieder die gleichen Sätze ... man weiß nicht woher ... Gleichförmigkeit, nicht? Daraus entstehen wieder neue Widerstände, indem man das alles bemerkt. Man will eigentlich nichts als einschlafen, davon nichts mehr wissen. Dann plötzlich wieder die Lust ...

Warum Finsternis? Warum die immer gleiche totale Finsternis in meinen Büchern? Das ist kurz erklärt:
In meinen Büchern ist alles *künstlich*, das heißt, alle Figuren, Ereignisse, Vorkommnisse spielen sich auf einer Bühne ab, und der *Bühnen*raum ist total finster. Auftretende Figuren auf einem *Bühnen*raum, in einem *Bühnen*viereck, sind durch ihre Konturen deutlicher zu erkennen, als wenn sie *in der natürlichen* Beleuchtung erscheinen wie in der üblichen uns bekannten Prosa. In der Finsternis wird alles deutlich. Und so ist es nicht nur mit den Erscheinungen, mit dem Bildhaften – es ist auch mit der Sprache *so*. Man muß sich die Seiten in den Büchern *vollkommen finster* vorstellen: Das Wort leuchtet auf, dadurch bekommt es seine *Deutlichkeit*

oder *Überdeutlichkeit.* Es ist ein Kunst*mittel*, das ich von Anfang an angewendet habe. Und wenn man meine Arbeiten aufmacht, ist es so: Man soll sich vorstellen, man ist *im Theater*, man macht mit der ersten Seite *einen Vorhang* auf, der Titel erscheint, totale Finsternis – langsam kommen aus dem Hintergrund, aus der Finsternis heraus, Wörter, die langsam zu *Vorgängen äußerer und innerer Natur*, gerade wegen ihrer Künstlichkeit besonders deutlich zu einer solchen werden.

Ich weiß nicht, was sich die Leute unter einem Schriftsteller vorstellen, aber jede Vorstellung in der Beziehung ist sicher falsch ... Was mich betrifft, bin ich kein Schriftsteller, ich bin jemand, der schreibt ... Andererseits bekommt man Briefe aus Deutschland oder irgendwoher, aus Provinzstädten, aus größeren oder von Sendern oder gewissen Veranstaltungsunternehmungen ... Man tritt dort auf, man wird vorgestellt als ein tragischer, düsterer Dichter, und das geht so weit, daß man in Laudationen auch als solcher vorgestellt wird, in so pseudowissenschaftlichen Arbeiten. Es heißt dann, das ist ein Autor, ein Schriftsteller, der so und so einzuordnen ist, und die Bücher sind düster, die Figuren sind düster und die Landschaft ist düster, also – *der Mensch ist auch düster*, der jetzt vor uns sitzt. Bei so einer Laudatio bleibt eigentlich gar nichts übrig als irgendein düsterer Klumpen in einem dunklen Anzug ... Na, ich gelte ja als sogenannter *ernster Schriftsteller*, wie Béla Bartók als ernster Komponist, und der Ruf verbreitet sich ... Im Grunde ist es ein sehr schlechter Ruf ... Mir ist absolut *unbehaglich* dabei. Andererseits bin ich natürlich auch kein heiterer Autor, kein Geschichtenerzähler, Geschichten hasse ich im Grund. Ich bin ein *Geschichtenzerstörer*, *ich bin der typische Geschichtenzerstörer.* In meiner Arbeit, wenn sich irgendwo Anzeichen einer Geschichte bilden, oder wenn ich nur in der Ferne irgendwo hinter einem Prosahügel die Andeutung einer Geschichte auftauchen sehe, schieße ich sie ab. Es ist auch mit den Sätzen so, ich hätte fast die Lust, ganze Sätze, die sich *möglicherweise* bilden könnten, schon im vorhinein abzutöten. Andererseits ...

Ich bin am liebsten allein.
Im Grunde ist das ein Idealzustand.
Mein Haus ist auch eigentlich ein riesiger Kerker.
Ich habe das sehr gern; möglichst kahle Wände. Es ist kahl *und* kalt. Das wirkt sich auf meine Arbeit sehr gut aus. Die Bücher, oder was ich schreib', *sind wie das*, worin ich hause.
Manchmal kommt mir vor, daß die einzelnen Kapitel in einem Buch so wie einzelne Räume in diesem Haus sind. Die Wände leben – nicht? So – die Seiten sind wie Wände, und das genügt. Man muß sie nur intensiv *anschauen*. Wenn man eine weiße Wand *anschaut*, stellt man fest, daß sie ja nicht weiß, *nicht kahl* ist. Wenn man lang allein ist, sich an das Alleinsein gewöhnt hat, im Alleinsein *geschult* ist, entdeckt man überall dort, wo für den normalen Menschen *nichts* ist, immer mehr. An der Wand entdeckt man Risse, kleine Sprünge, Unebenheiten, Ungeziefer. Es ist eine ungeheure Bewegung an den Wänden.
Tatsächlich gleichen Wand und Buchseite sich vollkommen.

Meine Lebensweise ist für den Außenstehenden eintönig. Jeder andere um mich herum lebt ein viel aufregenderes oder, wenn schon nicht aufregenderes, so interessanteres Leben ...
Für mich ist das Leben meiner Nachbarn, die ganz einfachen handwerklichen Berufen nach*gehen* – mein Nachbar ist ein Bauer, schräg gegenüber wohnt ein Papierarbeiter, gleich daneben ein Zimmermann, in der weiteren Umgebung nur Papierarbeiter, Handwerker, Bauern –, das ist für mich interessant ... eine Beschäftigung, wie mir vorkommt, die, obwohl sie hunderttausendmal immer wieder in der gleichen Weise ausgeführt wird, *vor sich geht*, immer wieder neu ist ... Mein eigenes Leben, meine eigene Beschäftigung,

mein eigener Tag kommen mir monoton, eintönig, inhaltslos vor ...

Das Furchtbarste ist für mich Prosa schreiben ... Überhaupt das Schwierigste ... Und von dem Augenblick an, in dem ich das bemerkt habe und gewußt hab', *habe ich mir geschworen*, nur noch Prosa zu schreiben. Ich hätte ja etwas ganz anderes machen können. Ich hab' sehr viel andere Disziplinen gelernt, aber *keine furchtbare*. Das heißt, ich hab' sehr früh Zeichenunterricht genommen, und ich wär' wahrscheinlich ein mittelmäßiger Zeichner geworden, es wär' mir sehr leicht gefallen. Ich hab' Musik studiert, und es ist mir sehr leicht gefallen, Instrumente zu spielen, Musik zu machen, das heißt, zu komponieren. Ich hab' eine Zeit gehabt, wo ich gedacht hab', ich werd' unbedingt ein Kapellmeister werden. Ich hab' Musikästhetik und ein Instrument nach dem anderen studiert, und weil es mir aber *zu leicht* gefallen ist, hab' ich das alles aufgegeben. Dann hätt' ich Schauspieler werden können oder Regisseur oder Dramaturg. Es hat bei mir eine Zeit gegeben, da hat mich das sehr gefesselt. Es war sehr spannend, ich hab' viel gespielt, vor allem komische Rollen, Regie geführt ... Ich bin auch auf eine kaufmännische Schule gegangen, und es hat ebenso eine Zeit gegeben, wo ich mir gedacht habe, na ja, ich könnt' auch ein Kaufmann sein, und es hat mich gereizt, mich in der Richtung zu entwickeln ...
Und ganz früh hab' ich – so bis siebzehn, achtzehn Jahre –, hab' ich nichts so gehaßt wie Bücher ... Ich hab' bei meinem Großvater gelebt, der hat geschrieben, und es war eine riesige Bibliothek da, und immer mit diesen Büchern zusammen zu sein, durch diese Bibliothek gehen zu müssen, jeden Tag, war für mich allein grauenhaft ... Und wahrscheinlich ... warum bin ich eigentlich zum Schreiben gekommen, warum schreibe ich Bücher? *Aus Opposition gegen mich selbst plötzlich*, und gegen diesen Zustand – weil mir Widerstände, wie ich schon einmal gesagt habe, *alles* bedeuten ... Ich wollte

eben diesen ungeheuren Widerstand, und dadurch schreibe ich Prosa ...

Vielleicht ist es das, daß ich mit achtzehn Jahren einmal schon für ein Jahr in ein Spital gekommen bin, dort gelegen bin, und ich hab' dort die – wie man das, glaub' ich, auch heut noch bezeichnet – *Letzte Ölung* bekommen. Ich bin dann in ein Sanatorium – monatelang dort gelegen im Hochgebirge. Es war *immer der gleiche Berg* vor mir. Es war so eine Pritsche mit einer grauen Decke, mit einem Kotzen, und ich bin Herbst und Winter im Freien, Tag und Nacht, gelegen. Ich bin aus reiner Langeweile, weil man einfach nicht ununterbrochen *einem* Berg gegenüber liegen kann, ohne irgend etwas zu tun – ich mein' bewegen hab' ich mich ja nicht können – auf das Schreiben gekommen ... Das waren wahrscheinlich *der Anlaß und die Ursache.* Und aus dieser Langeweile heraus und mit dem Alleinsein mit diesem Berg, der das *Heukareck* heißt, und über Schwarzach St. Veit sich erhebt, so ein Zweitausender ... wenn man den Monate und Monate und immer gleich ... er verändert sich nicht, weil er an der Schattseite liegt, anschaut, dann wird man entweder verrückt oder man fängt zu schreiben an ... Und dort hab' ich einfach Papier und Bleistift genommen, mir Notizen gemacht und den Haß gegen Bücher und Schreiben und Bleistift und Feder durch Schreiben überwunden, und das ist sicher die Ursache allen Übels, mit dem ich jetzt fertig zu werden hab' ...

Im Grund' möchte ich auch nichts, als in Ruhe gelassen sein. Das ist sehr anspruchsvoll, und mit der Zeit interessieren mich auch die äußeren Veränderungen nicht mehr. Es sind ja immer wieder die gleichen. Damit fertig werden sollen andere. Mich interessieren *nur meine Vorgänge*, und ich kann sehr rücksichtslos sein. Und es ist mir, wenn ich auf meinem Hof bin oder in irgendeiner Stadt – sei es in Brüssel oder in Wien oder in Salzburg, egal wo, völlig gleichgültig – ob um mich alles zusammenbricht oder noch lächerlicher wird, als es eh' schon ist oder nicht... Das hat für mich überhaupt keinen Sinn, und das bringt mich weder weiter, es bringt mich am allerwenigsten zu mir selbst... Und darauf...

3. Tag

Ja, der Umgang mit Philosophie, Geschriebenem ist der gefährlichste ... für mich besonders... Ich gehe oft stundenlang, tage-, wochenlang um den Brei herum... Ich will keinen Kontakt, ich will das Ganze nicht.
Andererseits ist es so, daß gerade die Autoren, die für mich die wichtigsten sind, meine größten Gegner oder Feinde sind. Es ist ein ununterbrochenes zur-Wehr-setzen, gerade gegen die, denen man einfach *restlos* verfallen ist. Und ich bin Musil verfallen, Pavese, Ezra Pound – es ist ja keine Lyrik, das ist *absolute Prosa.*
Es sind ganz einfach Sätze, eine Landschaft, die sich aufbaut in ein paar Wörtern im Tagebuch von Pavese, eine Skizze von Lermontov, natürlich Dostojewski, Turgenjew, im Grunde alle Russen... Die Franzosen haben mich außer Valéry überhaupt nie interessiert... Von Valéry der ›Herr Teste‹ – das ist auch ein Buch, das völlig zerlesen ist, und ich muß mir's immer neu anschaffen, weil es immer wieder kaputt ist, ausgelesen, zerfranst... Der Henry James – ein ständiges zur-Wehr-setzen. Es ist eine verbitterte Feindschaft ... und es schwankt immer... Meistens kommt man sich lächerlich vor gegen diese Leute, dann darf man aber nicht arbeiten... Aber nach und nach bekommt man Gewalt, auch über ganz Große ... und man kann sie niederdrücken... Man kann sich über die Virginia Woolf oder über Forster erheben, und *dann muß ich schreiben.* Und *das Vergleichen ist überhaupt die Kunst, die man zu beherrschen versuchen muß. Es ist die einzige Schule, die einen Sinn hat und die einen weiter- und vorwärtsbringt.* Es darf nichts Ganzes geben, man muß es zerhauen. Etwas Gelungenes, Schönes wird immer mehr verdächtig.

Man muß ja auch einen Weg möglichst an einer unvorhergesehenen Stelle abbrechen... So ist es auch falsch, ein *sogenanntes Kapitel* in einem Buch wirklich zu Ende zu schreiben. Und so ist es falsch, überhaupt ein Buch zu Ende zu schreiben. Und *der größte Fehler* ist, wenn ein Autor ein Buch zu Ende schreibt. Und im Umgang mit Menschen ist es auch sehr gut, wenn man die Beziehung *plötzlich abreißt*.

Die Melancholie ist ein sehr schöner Zustand. Ich verfalle ihr sehr leicht und sehr gern. Weniger oder überhaupt nicht auf dem Land, wo ich arbeite, aber sofort in der Stadt... Für mich gibt es keinen schöneren Ort als Wien und die Melancholie, die ich in der Stadt habe und immer gehabt hab'... Es sind die Menschen, die ich dort seit zwei Jahrzehnten kenne, die Melancholie sind... Es sind die Straßen von Wien. Es ist die Atmosphäre dieser Stadt, *der Studienstadt ganz natürlich*. Es sind die immer gleichen Sätze, die Menschen dort zu mir sprechen, wahrscheinlich die gleichen, die *ich* zu diesen Menschen spreche, eine wunderbare Voraussetzung für Melancholie. Man sitzt irgendwo in einem Park, stundenlang, in einem Café, stundenlang – Melancholie. Es sind die jungen Schriftsteller von damals, die nicht mehr jung sind. Plötzlich sieht man, das ist kein junger Mensch mehr, *er gibt sich* als junger Mensch – wahrscheinlich *wie ich* mich als junger Mensch gebe, *aber kein junger Mensch mehr bin*. Und das verstärkt sich mit der Zeit, aber es wird sehr schön.

Ich gehe sehr gern auf die Friedhöfe in Wien, ganz in meiner Nähe auf den Döblinger Friedhof oder in Neustift am Walde auf den Friedhof, und ich freue mich schon auf die Inschriften, die ich von früher her kenne, auf die Namen. Melancholie, wenn man in ein Geschäft hineingeht: Die gleiche Verkäuferin, die vor zwanzig Jahren *so unglaublich rasche* Bewegungen gemacht hat, *ist jetzt sehr langsam*. Sie füllt den Zucker *langsam* in den Sack ein. Es ist eine ganz andere Bewegung, mit der sie das Geld nimmt, die Kassenlade zuschiebt ... Es ist derselbe Klingelton an der Tür, aber es ist Melancholie. Und dieser Zustand kann wochenlang anhalten. Und ich denke, vielleicht ist Melancholie das ideale oder das einzige nützliche Mittel, das fortgesetzte Einnehmen von Melancholie in Tablettenform für mich...

Es ist immer das Gespräch mit meinem Bruder, das es nicht gibt, das Gespräch mit meiner Mutter, das es nicht gibt. Es ist das Gespräch mit dem Vater, das es auch nicht gibt. Es ist das Gespräch mit der Vergangenheit, das es nicht gibt und *die* es nicht mehr gibt, *die es nie geben wird.* Es ist das Gespräch mit großen Sätzen, die es nicht gibt. Es ist die Unterhaltung mit der *Natur* die es nicht gibt, der Umgang mit den Begriffen, die keine Begriffe sind, *keine Begriffe sein können.* Der Umgang mit der Begriffslosigkeit, Begriffsstützigkeit. Es ist der Umgang mit einem Material, das ununterbrochen unvollständig ist. Das Gespräch mit einer Materie, die nicht antwortet. Es ist die *absolute* Lautlosigkeit, die alles ruiniert, die *absolute* Verzweiflung, aus der man nicht mehr herauskann. Es ist das imaginäre Gegenüber, das man sich gebildet hat, um es sich nur noch *einbilden* zu können. Es ist der Versuch, anzutippen an Gegenstände, die sich auflösen in dem Moment, wo man glaubt, man hätte sie berührt. Es ist der Umgang mit Tatsachen, die sich als Irrtümer herausstellen. Es ist der Versuch, eine Zeit zu überbrücken, *die nie vorhanden war.* Es ist immer dieselbe Imagination in Richtung auf eine Vorstellung, die sich naturgemäß als falsch erweisen muß. Es ist die Identifikation mit Dingen, die aus Sätzen geworden sind, und man weiß weder über die Dinge etwas noch über die Sätze, und man weiß immer wieder überhaupt nichts. Das ist ja *das Tagtägliche, von dem man* Abstand nehmen muß. Man müßte *herausgehen aus allem*, die Tür hinter sich nicht zu*machen*, sondern zu*werfen* und *weggehen.* Und alles müßte immer mehr von einem weg durch sich selbst lautlos *verschwinden.* Man müßte aus der *einen* Finsternis, die zu beherrschen einem zeitlebens unmöglich ist, schließlich total unmöglich geworden ist, hineingehen in die *andere, in die zweite, in die endgültige* Finsternis vor einem und sie möglichst rasch und ohne Umschweife, ohne philosophische Spitzfindigkeiten erreichen können, einfach hineingehen ... und möglicherweise die Finsternis durch das Schließen der Augen *verfrühen* und erst dann die Augen wieder aufmachen, wenn man die Gewißheit hat, absolut in der Finsternis, in der endgültigen, zu sein.

## Notiz

Im Sommer 1970 hatte ich mich nach tagelangem, schließlich zu einer höchstpersönlichen Groteske gewordenem Suchen nach einem dafür geeigneten Schauplatz bedingungslos auf eine weißgestrichene Bank in einem Hamburger Vorortepark gesetzt, um, wie verabredet, vor dem Regisseur Ferry Radax eine Reihe mich betreffender Sätze zu sagen und also Aussagen zu machen, die mir, während ich sie, und zwar in dem Zustand äußerster Irritation, gesagt und gemacht habe, mehr oder weniger, der Natur eines solchen Vorgangs entsprechend, zufällig und zusammenhanglos erschienen sind, wie sie mir auch heute mehr oder weniger zufällig und zusammenhanglos vorkommen, nachdem ich den Film gesehen und die von mir in dem Film gemachten Äußerungen gehört habe. Vieles habe ich auf der Bank (und also in dem Film) *so* und nicht anders gesagt, wenn ich es auch vollkommen anders hätte sagen können, als es unter dem Titel ›Drei Tage‹ hier veröffentlicht wird. Die Tatsache aber, daß ein Film gemacht wird, in welchem meine Person fünfundfünfzig Minuten ununterbrochen zu keinem anderen Zweck auf einer weißgestrichenen Bank in einem Hamburger Vorortepark sitzt, um die ganze Zeit zu sagen (oder nicht zu sagen), was ihr gerade einfällt, ohne sich darum zu kümmern (und sich darum kümmern zu müssen), *warum* sie, was sie sagt, sagt und nicht darum, *wie* sie, was sie sagt, sagt und die Tatsache, daß der daraus gemachte Film schließlich zu akzeptieren gewesen ist, hat ganz unmittelbar zu der Idee geführt, für den erstaunlichen Regisseur und seine erstaunliche Arbeitsweise (wie ich sie während der drei Hamburger Tage beobachtet habe) einen längeren und das heißt mindestens eineinhalb Stunden langen Film zu schreiben, der dieser Arbeitsweise entspricht. *Das* und das Vergnügen an einer solchen zu machenden

*Arbeit als Experiment* sind der bezeichnende Anlaß gewesen, aus dem dafür plötzlich geeigneten frühen, von mir schon vergessenen und tatsächlich unvollkommenen Fragment ›Der Italiener‹ eine von dem Fragment zwar stark abweichende, im Grunde aber doch in jeder Beziehung auf das Fragment zurückzuführende, wie ich beabsichtigt gehabt habe, *annähernd präzise Vorlage* zu schreiben für einen Film, den Radax in mehreren aufeinanderfolgenden Winterwochen des Jahres 1971 ohne mich gemacht hat.

Th. B.

›Der Italiener‹ wurde im Auftrag des wdr/Westdeutschen Fernsehens von der Ifage-Filmproduktion, Wiesbaden, unter der Regie von Ferry Radax, Kameramann: Gerard Vandenberg, gedreht. Die Darsteller sind: Rosemarie Fendel, Fabrizio Jovine, Karin Braun, Erwin Höfler, Kurt Jaggberg, Klaus von Pervolesko, Isolde Stiegler.

Thomas Bernhard
Sein Werk im Suhrkamp Verlag

Alte Meister. Komödie. Leinen und st 1553
Am Ziel. BS 767
Amras. BS 489 und st 1506
Auslöschung. Ein Zerfall. Leinen und st 1563
Ave Vergil. Gedicht. BS 769
Beton. Erzählung. Leinen, BS 857 und st 1488
Die Billigesser. st 1489
Der deutsche Mittagstisch. Dramolette. Mit zahlreichen Abbildungen. es 1480
Einfach kompliziert. BS 910 und in st 1554
Elisabeth II. Keine Komödie. BS 964 und in st 1554
Die Erzählungen. Leinen
Erzählungen. st 1564
Ein Fest für Boris. es 440
Frost. st 47
Gehen. st 5
Heldenplatz. BS 997
Holzfällen. Eine Erregung. Leinen, BS 927 und st 1523
Der Ignorant und der Wahnsinnige. BS 317
Immanuel Kant. Komödie. BS 556
In hora mortis. IB 1035
Die Irren. Die Häftlinge. IB 1101
Ja. BS 600 und st 1507
Die Jagdgesellschaft. BS 376 und in st 1524
Das Kalkwerk. Roman. st 128
Korrektur. Roman. Leinen. Sonderausgabe und st 1533
Der Kulterer. Eine Filmgeschichte. st 306
Die Macht der Gewohnheit. Komödie. BS 415 und in st 1524
Midland in Stilfs. Drei Erzählungen. BS 272
Prosa. es 213
Ritter, Dene, Voss. BS 888 und in st 1554
Der Schein trügt. BS 818 und in st 1544
Der Stimmenimitator. Leinen, BS 770 und st 1473
Die Stücke. 1969–1981. Gebunden
Stücke 1. Ein Fest für Boris. Der Ignorant und der Wahnsinnige. Die Jagdgesellschaft. Die Macht der Gewohnheit. st 1524
Stücke 2. Der Präsident. Die Berühmten. Minetti. Immanuel Kant. st 1534
Stücke 3. Vor dem Ruhestand. Der Weltverbesserer. Über allen Gipfeln ist Ruh. Am Ziel. Der Schein trügt. st 1544

22/1/1/88

Thomas Bernhard
Sein Werk im Suhrkamp Verlag

Stücke 4. Der Theatermacher. Ritter, Dene, Voss. Einfach kompliziert. Elisabeth II. st 1554

Der Theatermacher. BS 870 und in st 1554

Über allen Gipfeln ist Ruh. Ein deutscher Dichtertag um 1980. Komödie. BS 728 und in st 1544

Ungenach. Erzählung. es 279 und st 1543

Der Untergeher. Leinen, BS 899 und st 1497

Verstörung. BS 229 und st 1480

Der Weltverbesserer. BS 646

Watten. Ein Nachlaß. BS 955 und st 1498

Wittgensteins Neffe. Eine Freundschaft. BS 788 und st 1465

*Zu Bernhard*

Thomas Bernhard. Werkgeschichte. stm. st 2002

22/2/12.88